岩波現代文庫／文芸 226

古事記 訳

蓮田善明

岩波書店

凡　例

●なるべくスラスラ読めることを主眼にして現代語訳にしたが、原文をいたずらに離れて飾ることは、努めて控えた。
●読者の便宜上、説話の断続に従ってそれぞれ適宜の小題を設けておいた。
●神・人名は、一般化していないし、いちいち原文通りの漢字を掲げたのでは読み下すにかえってわずらわしくも思われるので、天照大御神及び少数の神・人名のほかはすべて片仮名で書き、重要なのにはその初出の際、原字を注に掲げておいた。しかし古い神・人名はそれ自身神話的内容を語るものなので、片仮名でする方法は最適の方法ではないが、事実は多くの神名の解釈がいろいろであるので、適当の漢字もなかなか得られないし、思いきってこの画一的手段を取ったのである。そのために、なかには片仮名ばかりでは、初めての人には読み方さえまごつかれるものも多いかと思う。一利一害はやはり免れない。
●歌謡は、もちろん原文のままでは解し難いので注解を要するけれども、くどくど注釈したり、散文にしてしまうよりはと思って、多少歪曲《わいきょく》しても、とにかくサラリと手っとり早く大意がとれるように律文に書いてみた。しかし、原歌はこれを口に誦《しょう》するだけでも格調になつかしいものがあるので、特に平仮名交りにして掲げ、その下に訳歌を置くことにした。

• 難語義その他について所々注を加えたが、なるべく少なくかつ簡単にすることを旨とし、大体は本文で間に合うようにした。振仮名も老婆心までのものであり、一律でなく繁簡重複しているのは、これもその時々の円滑を期したためのものにほかならない。

訳　者

〔編集付記〕

本書中に今日では差別的な表現とされる語が用いられているところがあるが、訳者が故人であることなどを鑑みて、それらを改めることはしなかった。

（岩波現代文庫編集部）

目次

中　巻

下　巻

古事記　序(1)

臣安万侶《やすまろ》申し上げます。

そもそも、世界の初めは、天地万象となる根元が、未《いま》だ分れず、気や象《かたち》も、未だあらわれず、これと名づくべきものも、また、はたらきというべきわざもなく、形も分りかねるほどのものでありました。

天地が初めて分れ出しますと、まず、その中に、アメノミナカヌシノ神、(2)タカミムスビノ神、カミムスビノ神の三神が御出現になって万物生成の主宰者となり給《たま》い、さらに陰陽の別が生ずるに及びますと、イザナギノ命《みこと》、イザナミノ命の男女二神が万物生産の祖《おや》とおなり遊ばされました。かくてこの二神が生死の両界を御往復の後に、その御目を洗い給《たも》う時、天照大神《あまてらすおおみかみ》と月読命《つくよみのみこと》とがお生れ遊ばされ、海水に浴して禊《みそぎ》し給う時に、天地の諸神がお生れ遊ばしました。そもそも世界の初めは、あまりに遠くあまりにはるかで、なかなか知り難いのでありますが、もろもろの伝誦《でんしょう》によって、国土をはらみ島嶼《とうしょ》を産み給うた時代を知ることもでき、また伝誦を語り伝えた先聖のおかげによって、神を生みまた神々の御司配を定め給うたころの事柄をお察し申すこともできるのであります。まことに、日の神が天《あめ》の岩屋にお隠れ遊ばされた際には、真《ま》賢《さか》木《き》の枝に鏡を掛けて出御を祈り、天《あめ》の安河《やすのかわ》の御誓言の際は、玉と剣とをかんで天孫百王連綿の基を作られ、あるいはスサノヲノ命が簸河《ひのかわ》の川上で八《や》股《また》の大蛇《おろち》をお切りになっては、藩屏《はんぺい》万神の盛栄の礎を作り給うたことなども、その伝誦によって知られるのであります。

天孫の降臨に当りましては、まず天の安河《の》に神々が御集会を催されて策を案じ給い、ついにタケミカヅチノ神が伊《い》那《な》佐《さ》の小《お》浜《ばま》で大国主神《おおくにぬしの》と折衝してこの国土をお鎮《しず》めになりました。こうして初めてホノニニギノ命は高千《たかち》穂《ほ》の峰に天下り遊ばされたのであります。

神武天皇が大和《やまと》の国御東征に当りましても、化熊《ばげぐま》が山から出《い》でてその毒気をもって皇軍を苦しめ奉った際には、天授の剣をタカクラジから受けてこれをお払いになることができ、また尾のある土賊《つちぐも》に道をはばまれ給うた際は、八《や》咫烏《たがらす》が天皇を吉野にお導き申し上げ、あるいはまた舞《ぶ》歌《が》の合図で賊を払い伏せ給うたことなどもありました。

さらに下って崇神天皇は、夢のお告げによって、神祇《じんぎ》を厚く敬い給うたために、ひろく賢君と崇《あが》め申し上げておりますし、仁徳天皇は民家の炊煙をお望みになって、民の貧しさに御慈愛を垂《た》れ給うたので、これまた今に至るまで聖帝と申し上げておるわけであります。次に、成務天皇は近江《おうみ》の宮に大政をみそなわして国郡の境界を画定し給い、允恭天皇は遠飛鳥《とおつあすか》の宮に国政をきこしめして、探湯《くかたち》によって姓氏を正し給うたことも申し伝えられております。かくのごとく御代御代の御政治も、その御代により、それぞれ緩急華実の差はありますが、いずれも、古《いにしえ》を考えて道徳の頽《すた》れたのを正し、また今を省みて風教の絶えようとするのを補い給うたものにほかならないのであります。

さて天武天皇(3)の御代に及びますと、天皇がまだ皇太子でおわしました時から既に、やがて天子とならせ給う御徳質をお備えになり、夢のお告げや、夜の川の雲兆によって、皇位御継承の天運をお知り遊ばされたのであります。しかしながら、天運の未だ至らざる際に当っては、一時吉野山にのがれ給うたこともありましたが(4)、やがて人々の和を得て東国に向わせられますと、たちまちその軍威は盛んになり、あたかも虎《とら》のごとくに山川を凌《しの》ぎ渡り、勢いまた雷電のごとく振るって、剣戟《けんげき》挙《あが》り、猛士起《た》ち、旌旗《せいき》輝いて凶徒はことごとく壊滅し、天下再び清安に帰するに至りました。かくして武備を収めて戦勝を歌いつつ都に入御遊ばして、酉《とり》の年の二月、かの浄御原《きよみはら》の大宮に御即位遊ばされたのであります。
(5)天皇の御高徳は、支那の黄帝・文王・武王にもまさり給うて、天の祥瑞《しょうずい》を受けて天地四方を統《す》べ、天授の皇位を継いで八方の遠国を懐《いだ》き包み給い、また善政によって陰陽五行の運行を正され、神妙不測の理をもって民を導き、英聖の風教によって御徳を国内に弘《ひろ》く御宣揚遊ばされたのであります。のみならず、その御智は海のごとく広大で遠く上代の事をお窮めになり、御心は鏡のごとく明澄《めいちょう》ではるかに先代の事を御洞察《どうさつ》遊ばされましたが、ここに詔《みことのり》を下し給うて、

「朕《ちん》の聞く所によれば、諸家の蔵する帝紀や本辞は、かなり正実と違《たが》い、多く虚偽を加えているとの由である。今においてその誤りを改めなければ、こののち幾年を経ずして正しき趣は滅びてしまうであろう。そもそも帝紀と本辞は国家の統治上最も重要のもの、かつ王化を布《し》くの大本となるものである。それで正実の帝紀旧辞を深く考え窮めて、偽りを削《けず》り、実《まこと》を定めて、後世に伝えようと思う」

当時、舎人《とねり》の一人に稗田阿礼《ひえだのあれ》というものがありましたが、そのころ年は二十八、生来はなはだ聡明《そうめい》で、一度読んだものはそのまま暗唱し、一度聞いたことは直ちに銘記するという記憶の天才でありました。そこで天皇は親《みずか》ら勅語して帝皇日継と先代旧辞とを彼に誦《よ》み習わしめられましたが、惜しくも時移り御世も替って、ついにその御生

前には選録の完成を見難かったのであります。

謹んでここに惟《おも》いますに、今上天皇(6)は皇位を承《う》けて天下に君臨し給い、天地人に通ずる御博徳をもって万民を撫《ぶ》育《いく》遊ばしていらせられます。皇居におわしましながら、御徳化は馬《ば》蹄《てい》の窮むる限り、船楫《ふなかじ》の及ぶ限りにあまねく届いております。日輪出でて光輝いよいよ明らかに、慶雲も空にたなびき、連理木《えだをつらね》、合穂禾《ほをあわせる》等のめでたい瑞兆《ずいちょう》も常にあらわれ、史官の書き残すことの数も尽きせず、また来朝の合図の烽火《ほうか》を連ね通訳を重ねて、外船の朝貢も相次ぎ、ために貢倉は充満して空《むな》しい月とては無いほどの御世の有様であります。まことに御名は夏《か》の禹《う》王より高く、御徳は殷《いん》の湯《とう》王にもまさり給うと申すべきであります。ここに陛下は、旧辞の誤れるを惜しみ、先紀の誤りを正そうとの思召《おぼしめ》しから、和銅四年九月十八日、臣安万侶に仰せて、天武天皇の御口授により、稗田阿礼の暗唱し申している旧辞を選録して献上するようにとの御下命を賜わったのであります。

よってここに謹《つつし》んで勅命に従い、子細に採り拾いました。しかるに上古の世には言葉も思想もともに素朴《そぼく》で、文字に書き写すにはまことに困難を感ずるものがありまして、ことごとく漢字を訓によって記《しる》せば詞《ことば》が心に及ばず、また全く字音をもって書けば字数が延びるという次第であります。そこで、あるいは一句を音と訓とを交え用い、あるいは一事をすべて訓をもって録しました。もしことばつづきの分りにくいのがあれば特に注をもってこれを明らかにし、また意味がわかりやすいものは、ことさらに注を加えないというふうにしてみました。そのほかなお、姓の「日下」の字はクサカといい、名の「帯」の字はタラシといいますが、かくのごときの類は、従来書き慣れて通じているその字に従って用いることとしました。

およそ記しましたのは、天地開闢《かいびゃく》から下って推古天皇の御代に及んでおりますが、アメノミナカヌシノ神からヒコナギサタケウガヤフキアヘズノ命までを上巻とし、神武天皇から応神天皇までを中巻とし、仁徳天皇から推古天皇までを下巻とすることにしました。以上あわせて三巻を録し、謹んで献上いたします。ここに臣安万侶、かしこみかしこみ、右の由申し上げ奉る次第であります。

和銅五年正月二十八日、(7)正五位上勲五等太朝臣《おおのあそみ》安万侶謹んで上《たてまつ》ります。

(1)太安万侶が古事記を録して奉った時の上表文。原文は難解な純漢文で書かれている。(2)以下の神々及び允恭天皇までのことは、本文に出ていることを要約したもの。(3)天武天皇の御事は、日本書紀に記事がある。(4)いわゆる壬申《じんしん》の乱。(5)以下、古事記選修の事情が述べられている。(6)元明天皇。(7)皇紀一三七二年、西暦七一二年。

上　巻

天地初発

世界の始めに、高天原《たかまのはら》(1)にお生れになった神は、アメノミナカヌシノ神(2)、タカミムスビノ神、カミムスビノ神(3)で、この三神は、みな独身《ひとりみ》の神で、姿は隠していられた。次に、国がまだ稚《わか》く、浮いた脂《あぶら》のようで、水母《くらげ》みたいにふわふわしているとき、葦《あし》の芽の萌え上がる勢いでお生れになった神は、ウマシアシカビヒコヂノ神、アメノトコタチノ神である。この二神もまた独身の神で、姿は隠していられた。

以上の五神は、天つ神のなかでも「別天神《ことあまつかみ》」と申し上げている。

(1)天上界と思って読めばよい。　(2)天之御中主神。　(3)高御産巣日神、神産巣日神。この二神は、古事記では天照大神と並んで重要な神格である。後に高木神ともある。

神世七代

次にお生れの神々は、クニノトコタチノ神、トヨクモヌノ神で、この二神もまた独身の神で、姿は隠していられた。

次にお生れの神々の御名は、ウヒヂニノ神、妹《いも》スヒヂニノ神、ツヌグヒノ神、妹イクグヒノ神、オホトノヂノ神、妹オホトノベノ神、オモダルノ神、妹アヤカシコネノ神、イザナギノ神、妹イザナミノ神(1)である。

　以上、クニノトコタチノ神からイザナミノ神までを合わせて「神世《かみよ》七代《ななよ》」と申し上げる。初めの二神は一人でおのおの一代、あとのかたは二神ずつを合わせておのおの一代と申し上げている。

(1)伊邪那岐神、伊邪那美神。以下、国土と諸神とを生み出される御夫婦神。

国土生成

さて、天つ神々は、イザナギノ命、イザナミノ命の二神に、

「この、まだふわふわとした国土を、造り固めて下さい」

と、一本の矛《ほこ》を授けてお任せになった。そこで、二神は天《あめ》の浮橋《うきはし》に立って、その矛を差しおろして、潮をこをろこをろとかきまわして引き上げ給うと、その矛の先から、ぽとぽとと潮のしずくが滴《したた》り積もって島となった。これがオノゴロ島(1)である。

二神はその島に天下り遊ばされて、柱を立て、広い御殿をお造り遊ばされた。そうしてから、イザナギノ命が、

「そなたのからだの形はどのように出来ていますか」

と、イザナミノ命にお尋ねになると、

「わたくしのからだは成り整ってはおりますけれど、足りない所が、ひと所だけございます」

とお答えになった。

「わたしのからだは、余っている所が、ひと所ある。だから、このわたしの余った所を、そなたの足りない所に刺しふさいだら、国土《くに》が出来ると思うが、いかがなものであろう」

「それがよろしゅうございましょう」

「では、わたしとそなたと、この柱をめぐって、婚《まじわ》りをすることにしよう」

こう約して、

「それでは、そなたは右からお廻りなさい。わたしは左から廻ることにするから」

こうして、二神が柱を廻られる際に、イザナミノ命がまず、

「あゝ、お美しい、愛《いと》しいかた！」

とお唱えになり、後に、イザナギノ命が、

「おゝ、美しい、可愛いおとめよ！」

と仰せられた。しかしその後に、

「女が先に言ったのはよくなかった」

と仰せられたけれども、とにかく寝屋《ねや》におこもりになって、水蛭子《ひるこ》をお生みになった。この御子は、葦《あし》の葉船に入れて流しすてられた。次にまた、淡島《あわしま》をお生みになったが、これも御子の数のなかには入れられていない。

ここに、二神は御相談の上、

「今わたしたちの生んだ子は、うまくいかなかった。改めて、天つ神の御許《おんもと》に参って、お指図《さしず》をお受けすることにしよう」

と、お連れ立ちになって、天に上って、そのことをお願いになった。すると、天つ神は太占《ふとまに》の占いをして、

「女が先に言葉をかけたのがよくなかった。も一度、帰り下って、やり直すがよい」とお教えになった。そこでお二方はまた島に帰り下り給うて、再び以前のように柱をお廻りになり、今度は、

「おゝ、美しい、可愛いおとめよ！」

と、イザナギノ命がまず言いかけられ、後にイザナミノ命が、

「あゝ、お美しい、愛しいかた！」

唱え終えて婚《まじわ》りをし給うて、淡路《あわじ》のホノサワケノ島をお生みになり、次に伊予《いよ》の二《ふた》名《なの》島をお生みになった。その伊予の二名《の》島は、からだが一つ、顔が四つあって、その顔一つごとに名があり、伊予の国をエヒメ、讃岐《さぬき》の国をイヒヨリヒコ、阿波《あわ》の国をオホゲツヒメ、(2)土佐《とさ》の国をタケヨリワケと申している。次に隠岐《おき》の三子《みつご》島をお生みになった。一名はアメノオシコロワケ。次に筑紫《つくしの》島をお生みになった。この島もからだが一つ、顔が四つあり、その顔の一つごとに名があって、筑紫《つくし》の国をシラヒワケ、豊《とよ》の国をトヨヒワケ、肥《ひ》の国をタケヒムカヒトヨクジヒネワケ、熊襲《くまそ》の国をタケヒワケと申している。次に壱岐《いきの》島をお生みになった。一名はアメヒトツバシラ。次に対島《つしま》をお生みになった。一名はアメノサデヨリヒメ。次に佐渡《さどの》島をお生みになり、最後に大倭《おおやまと》豊秋津《とよあきつ》(3)島をお生みになった。一名はアマツミソラトヨアキツネワケと申している。

この八つの島は、初めにお生みになった国であるから、まとめて「大八《おおや》島国《しまぐに》」と称する。

その後さらにお生みになった島々は、吉備《きび》の児《こ》島、一名タケヒカタワケ、次に小豆《あずき》島、一名オホヌデヒメ、次に大島、一名オホタマルワケ、次に女《ひめ》島、一名アメヒトツネ、次に知訶《ちかの》島、一名アメノオシヲ、次に両児《ふたごの》島、一名アメフタヤの島々で、吉備の児島からアメフタヤノ島まで、合わせて六島である。

(1)自凝島。現在不詳、「石之日売命の御嫉妬」の条参照。(2)「速須佐之男命の追放」の条参照。(3)本州。

諸神産生

かくていよいよ国を生み終えられたので、今度は神をお生みになった。その生み給うた神々の御名は、オホコトオシヲノ神、イハツチビコノ神、イハスヒメノ神、オホトヒワケノ神、アメノフキヲノ神、オホヤビコノ神、カザモツワケノオシヲノ神、次に海の神のオホワタツミノ神、(1)次に水門《みなと》の神のハヤアキツヒコノ神と妹ハヤアキツヒメノ神で、オホコトオシヲノ神からアキツヒメノ神まで、合わせて十神である。

このハヤアキツヒコ、ハヤアキツヒメの二神が川と海とに分け持ってお生みになった神々の御名は、アワナギノ神、アワナミノ神、ツラナギノ神、ツラナミノ神、天《あめ》ノミクマリノ神、国《くに》ノミクマリノ神、天ノクヒザモチノ神、国ノクヒザモチノ神で、アワナギノ神から国ノクヒザモチノ神まで合わせて八神である。

つづいて、風の神のシナツヒコノ神、木の神のククノチノ神、山の神のオホヤマツミノ神、(2)野の神のカヤヌヒメノ神、一名ヌヅチノ神で、シナツヒコノ神からヌヅチノ神まで、合わせて四神である。

このオホヤマツミノ神、ヌヅチの神の二神が、山と野とに分け持ってお生みになった神々の御名は、天ノサヅチノ神、国ノサヅチノ神、天ノサギリノ神、国ノサギリノ神、天ノクラドノ神、国ノクラドノ神、オホトマドヒコノ神、オホトマドヒメノ神で、天ノサヅチノ神からオホトマドヒメノ神まで、合わせて八神である。

つづいて、船の神のトリノイハクスブネノ神、一名天ノトリフネノ神、(3)穀物の神のオホゲツヒメノ神、(4)火の神のヒノヤギハヤヲノ神で、この神は、一名ヒノカガビコノ神、またの名はヒノカグツチノ神と申し上げる。

(1)「海幸山幸」の条参照。　(2)大山津見神。「八股の大蛇」「速須佐之男命の御子孫」「木花之佐久夜毗売と石長比売」の条参照。　(3)「大国主神の国譲り」の条参照。　(4)

「速須佐之男命の追放」の条参照。

イザナミノ神の死

この火の神をお生みになったために、イザナミノ命は御陰部《みほと》を焼かれて、お病み臥《ふ》しになった。この際にお生れになった神は、嘔吐《たぐり》にカナヤマビコノ神、カナヤマビメノ神、屎《くそ》にハニヤスビコノ神、ハニヤスビメノ神、尿《ゆまり》にミツハノメノ神、ワクムスビノ神で、この神の御子が食物の神のトヨウケビメノ神(1)である。

イザナミノ命は、火の神をお生みになったのがもとで、ついにおかくれ遊ばされた。

すべて、イザナギ、イザナミ二神が御一緒でお生みになった島は十四島、神は三十五神である。これはイザナミノ神の御生前に生み給うたもので、ただオノゴロ島は生み給うたものでなく、水蛭子と淡島とは、御子の数に入っていない。

イザナギノ命は、

「可愛い妻を、一人の子と換えてしまったのか」

と、御枕元《まくらもと》や御足の方をはらばい廻って男泣きに泣き給うたが、その時に、御涙にお生れになった神は、今、香山《かぐ》のふもとの木《こ》の本《もと》(2)に御鎮座のナキサハメノ神である。おかくれになったイザナミノ神は、出雲《いずも》と伯耆《ほうき》の国ざかいの比婆《ひばの》山に葬り給うた。

イザナギノ命は、帯びていられる十拳剣《とつかつるぎ》(3)を抜いて、火の神のカグツチノ神の首をお切りになった。その時、御刀の先についた血が、そこらに群がっている石にとばしりついてお生れになった神は、イハサクノ神、ネサクノ神、イハツツノヲノ神の三神で、御刀の鍔際《つばぎわ》についた血が、そこらに群がっている石にとばしりついてお生れになった神は、ミカハヤビノ神、ヒハヤビノ神、タケミカヅチノヲノ神(4)、一名タケフツノ神、またの名トヨフツノ神の三神で、御刀の柄《つか》に集まった血が、指の間から漏れ出てお生れになった神は、クラオカミノ神、クラミツハノ神である。

以上のイハサクノ神からクラミツハノ神まで、合わせて八神は、御刀によってお生れになった神々である。

殺され給うたカグツチノ神からお生れになった神々は、頭にマサカヤマツミノ神、胸にオドヤマツミノ神、腹にオクヤマツミノ神、陰部《ほと》にクラヤマツミノ神、左手にシギヤマツミノ神、右手にハヤマツミノ神、左足にハラヤマツミノ神、右足にトヤマツミノ神で、マサカヤマツミノ神からトヤマツミノ神まで、合わせて八神である。切り給うた御刀の名は天《あめ》ノヲハバリ、一名イツノヲハバリ(5)という。

(1)「天孫降臨」の条参照。　(2)木の本は地名。　(3)長さが十握りあるの意、以下しばしば見える。（4）「大国主神の国譲り」の条参照。（5）「大国主神の国譲り」の条参照。
タケミカヅチノヲノ神の父神となっている。

黄泉の国御訪問

その後、イザナギノ命はイザナミノ命に会いたくなられて、黄泉《よみ》の国(1)へあとを追うておいでになった。すると、イザナミノ命は戸のところにお出迎えになったので、

「わたしとそなたと作っていた国は、まだ作り終ってはいないので、も一度、帰ってきてもらいたいと思って……」

「それはそれは、残念なことをしてしまいました。早くお迎いに来て下さらないので、わたくしは、この黄泉の国の火で煮たものを口に入れてしまいました。でも、せっかくあなたがここまでお迎いに来て下すって、ほんとにお気の毒に存じますから、もいちど帰ることに黄泉《よもつ》神と話をつけてまいりましょう。その間、ここで待っていて、どうぞ中をお覗《のぞ》きにならないようにして下さいまし」

けれども、あまり長くかかるので、待ちかね給うたイザナギノ命は、左の御髪の細《こま》目《め》の櫛《くし》の、端の太歯を一本欠いてひとつ火(2)をともして、殿の中に入って御覧になると、

意外、イザナミノ命のおからだには蛆《うじ》がころころにわきたかっており、頭には大雷《おおいかずち》、胸には火雷《ほのいかずち》、腹には黒雷《くろ》、陰部には折雷《さく》、左手には若雷《わき》、右手には土雷《つち》、左足には鳴雷《なる》、右足には伏雷《ふし》、合わせて八つの雷神がごろごろ鳴っているのであった。

イザナギノ命は、これを見るよりたまげて、あっとばかりに逃げ帰り給う時、

「わたくしに恥かしい目をお見せ遊ばしましたのね」

と、イザナミノ命は、ただちに黄泉の国の醜女《しこめ》をやって夫の命《みこと》のあとを追わしめ給うた。イザナギノ命はそこで髪飾りの黒鬘《くろかずら》を取って後ろにお投げすてになると、それが野葡萄《のぶどう》になった。これを醜女たちが拾って食う間に逃げのびて行かれると、またもあとから追いついて来る。今度は右の髪の細目《こまめ》の櫛を折って投げすてられると、筍《たけのこ》になる。それをまた抜いて食っている間にようやく逃げのびられた。すると次には、かの八つの雷神に黄泉の国の大軍を添えて追跡せしめられた。イザナギノ命は帯びていられる十拳剣《とつかつるぎ》を抜いて、後ろ手に振り振り逃げておいでになった。しかし、なおも追うて黄泉の国の国ざかいの平《ひら》坂の下まで来た時、イザナギノ命は、その坂下の桃の実を三つ取って、待ち受けていて打ちつけられたので、みな逃げ帰ってしまった。イザナギノ命は、そこでその桃に向って、

「おまえはわたしをよくも助けてくれた。この後も、わが国に暮らしている者ども

が窮境に陥っている時には、どうか今日のように助力を与えてやってくれ」

こう言って、オホカムヅミ(3)ノ命という名を桃に賜わった。

さて最後に、イザナミノ命おんみずから追うておいでになった。それで、千人引きの大石をその坂に引き出して道をふさぎ、それを中にはさんで向い立ちながら、離別の言葉をお渡しになる時に、イザナミノ命が、

「そんなに遊ばすなら、わたくしはあなたの国の民草《ひとたち》を、これから一日に千人ずつ絞《し》め殺してやります」

「そなたがそうすれば」

とイザナギノ命は、

「わたしは、一日に千五百人ずつ産むようにしてやる」

と、互いに言い渡された。だから、それからというもの、一日に必ず千人ずつ死に、また必ず千五百人ずつ生れるのである。

かくて、イザナミノ命は黄泉の国の大神となられ、また、追いかけて追いついたのでチシキ(4)ノ大神とも申し上げている。黄泉の坂をふさがれた石は、チカヘシ(5)ノ大神とも、またサヤリマス(6)ヨミドノ大神とも申している。また、その黄泉平坂《よもつひらさか》というところは、いま出雲の国の伊賦夜《いぶや》坂であると言い伝えている。

(1)死界。以下しばしば出る。根国《ねの》、底国《そこつ》、根堅洲国《ねのかたす》などともいってある。(2)灯火用に、何を用いるにせよ、一本または一筋をもってするので、後世もこれを忌む風俗が残っている。(3)大神つ実。(4)道及。(5)道返。(6)塞坐黄泉戸。

イザナギノ神の禊

「あゝ、実にいやな、見るも穢《きたな》い国に行っていたものじゃ。ひとつ、禊《みそぎ》をしなければならぬ」

イザナギの命はこう仰せられて、筑紫《つくし》の日向《ひむか》の橘《たちばな》の小門《おど》(1)のアハキ原に出でて、そこで身の穢《けが》れを洗いすすぎ給うた。この時にお生れになった神々は、まず投げすてられる御杖《つえ》にツキタツフナドノ神、投げすてられる御帯にミチノナガチハノ神、投げすてられる御裳《も》にトキオカシノ神、投げすてられる御衣《みけし》にワヅラヒノウシノ神、投げすてられる御褌《はかま》にチマタノ神、投げすてられる御冠にアクグヒノウシノ神、投げすてられる左の御手の手飾りにオキザカルノ神、オキツナギサビコノ神、オキツカヒベラノ神、投げすてられる右の御手の手飾りにヘザカルノ神、ヘツナギサビコノ神、ヘツカヒベラノ神が生れ給うた。

右の、フナドノ神からヘツカヒベラノ神までの十二神は、イザナギノ命が身に着けてい給うたものを脱ぎすてられた品々にお生れになった神々である。

さてそれから、

「川上の瀬は流れが速すぎるし、川下の瀬はまた流れが弱すぎる」

こう言って中の瀬に降りて水中に潜《もぐ》り穢れを祓《はら》い給う時にお生れになった神は、ヤソマガツヒノ神、オホマガツヒノ神で、この二神は、かの穢らわしい国においでになった時の垢《あか》にお生れになった神々である。次にその禍《まがごと》を直そうとしてお生れになった神は、カミナホビノ神、オホナホビノ神、イヅノメノ神。次に水底で滌《すす》ぎ給う時にお生れになった神は、ソコツワタツミノ神、ソコツツノヲノ命、中ほどで滌ぎ給う時にお生れになった神は、ナカツワタツミノ神、ナカツツノヲノ命、水の上で滌ぎ給う時にお生れになった神は、ウハツワタツミノ神、ウハツツノヲノ命で、この三柱のワタツミノ神は(2)、阿曇連《あずみのむらじ》(3)らが祖神として祭る神々である。阿曇連《の》らは、このワタツミノ神の御子のウツシヒカナサクノ命の子孫である。また、ソコツツノヲノ命、ナカツツノヲノ命、ウハツツノヲノ命の三神は住吉神社(4)の大神である。

最後に、左の御目をお洗いになる時にお生れになった神が天照大御神《あまてらすおおみかみ》、右の御目をお洗いになる時にお生れになった神が月読命《つくよみの》、また御鼻をお洗いになる時にお生れになった神が建速須佐之男命《たけはやすさのおの》であった。

右の、ヤソマガツヒノ神からハヤスサノヲノ命までの十四神は、御身を滌ぎ給うによってお生れになった神々である。

(1)この地の所在は不詳。(2)海神。「海幸山幸」の条参照。(3)連は家格を示す姓《かばね》の一種。君《きみ》、直《あたえ》等も後に出る。阿曇連は海人《あま》部族の長。(4)摂津国、官幣大社住吉神社。

三貴神の分治

この時、イザナギノ命は非常にお喜びになって、

「わたしは、子を生み生みしてきて、最後にこんな貴《めでた》い子を得たぞ」

と、その御首飾りの玉の紐《ひも》を取りはずし、ゆらゆらと快い音をさせながら、天照大御神に授けて、

「そなたは、高天原《たかまのはら》を統《す》べなさい」

と御委任になった。その御首飾りの玉の名はミクラタナノ神と申し上げている。

次に月読命には、

「そなたは、夜の国を」

タケハヤスサノヲノ命には、

「そなたは、海原を」

と、それぞれお任せになった。

このようにして、おのおのその御命令通りに御統治になったが、ハヤスサノヲノ命だけは、御委任の国を治め給わずに、長い鬚《ひげ》が胸先まで延び下がるほどのお年になられても、足摩《あしず》りして泣いていられて、そのお泣きになる有様は、まるで、青々した山も枯山に変ってしまうほど、咽喉《のど》をからして泣き、川や海の水もことごとく干てしまうほど、焼け付くように泣きわめかれるのであった。このために、悪神たちの暴《あば》れ騒ぐ音が、五月蠅《さばえ》の騒ぎ立てるようにわき上がって、ありとある災いがことごとく起って来た。

「どうしたわけでそなたは、言いつけ通りせずに、そんなに泣き騒いだりしているのだ」

と、イザナギの命は顔をのぞき込んできかれた。

「わたくしは、母上の国の、根堅洲国《ねのかたすくに》(1)に行きたいので、泣いているのです」

ハヤスサノヲノ命の答えはこうであった。

これを聞いて、イザナギノ命は真赤《まっか》に怒って、

「それならば、おまえは、この国にいてもらうまい」

と、ついに命を高天原から追い降ろしてしまわれた。

このイザナギノ大神は、今、近江の多賀神社(2)に御鎮座になっている。

(1)「黄泉の国御訪問」の条の注1参照。　(2)官幣大社。

天照大御神と速須佐之男命

「では、姉上にお暇乞《いとまご》いをして立ち退《の》くことにしよう」

ハヤスサノヲノ命はそう思って、高天原にお上りになった。すると、山も川もことごとく鳴りとどろき、国土がすべて震《ゆ》り返った。天照大御神は、これをお聞きつけ遊ばされて、驚き給うて、

「弟が上って来るのは、きっと善くない心からで、この国を奪い取ろうというつもりにちがいない」

と、御髪を解いて男髪にお結い変えになり、左右の御鬘《かずら》にも、また左右の御手にも、すべて八尺勾玉《やさかのまがたま》の紐をつけ、背には矢をぎっしり入れた靫《ゆぎ》を負い、また射放したとき弓弦《ゆづる》をはじいて威勢よい響きを立てる強い鞆《とも》を臂《ひじ》につけ、張り切った弓を振り立て、

堅庭《かたにわ》を沫雪《あわゆき》のように蹴散《けち》らす勢いで、大地を踏み鳴らしながら待ち迎え給うて、

「なんで、あなたは上って来ました」

とお尋ねかけになった。

「わたくしは悪い心はないのです。ただ、父上がわたくしの泣くわけをお尋ねになるので、わたくしはこうお答えしたのです、母上の国に行こうと思って、それで泣いていますって。すると父上は、それならおまえはこの国にいてもらうまいとおっしゃって、わたくしを追い出されましたので、これからお母様の国に行くということをお姉様に申し上げようと思って、お別れに上って来たのです。不都合な考えなんか、これほども持ってはおりません」

「それならば、あなたの心が清らかだということは、何によって知ることができます？」

「それはめいめいが予誓《うけい》をして、子を生んでみたら分ります」

そこで、天《あめ》の安河《やすのかわ》を中に隔てて、ごめいめいが予誓をなされる時に、天照大御神がまず、ハヤスサノヲノ命の帯びていられる十拳剣《とつかつるぎ》を請い受けて、これを三つに打ち折り、玉の紐を、ゆらりゆらり、揺らぎ鳴らしながら、天《あめ》の真名井《まない》の水に振りそそいで、かりかりとかみ砕いて、ぷうと吹きすて給う、その御息の霧にお生れになった神は、

タギリビメノ命、一名オキツシマヒメノ命、次にイチキシマヒメノ命、一名サヨリビメノ命、次にタギツヒメノ命の三神であった。

次に代って、ハヤスサノヲノ命が、天照大御神の左の御髪につけていられる八尺勾玉《やさかのまがたま》の紐の玉を請い受けて、ゆらりゆらり、揺らぎ鳴らしながら、天の真名井の水に振りそそいで、かりかりとかみ砕いて、ぷうと吹きすてられる、その御息の霧にお生れになった神は、マサカアカチカチハヤビアメノオシホミミノ命。(1) また右の御髪につけていられる玉を請い受けて、かりかりとかみ砕いて、ぷうと吹きすてられる、その御息の霧にお生れになった神は、天ノホヒノ命。(2) また御鬘《かずら》につけていられる玉を請い受けて、かりかりとかみ砕いて、ぷうと吹きすてられる、その御息の霧にお生れになった神は、天《あま》ツヒコネノ命。また左の御手に帯びていられる玉を請い受けて、かりかりとかみ砕いて、ぷうと吹きすてられる、その御息の霧にお生れになった神は、イクツヒコネノ神。また右の御手に帯びていられる玉を請い受けて、かりかりとかみ砕いて、ぷうと吹きすてられる、その御息の霧にお生れになった神は、クマヌクスビノ命。合わせて五神であった。

そこで、天照大御神はハヤスサノヲノ命に向って、

「この、後にお生れになった五《いつ》たりの男子《おのこご》は、その種《もと》が、わたくしの品物からお生

れになったのですから、わたくしの御子です。先にお生れになった三《み》たりの女子《おみなご》は、その種が、あなたのものによってお生れになったのですから、これは、あなたの御子方です」

とお分けになった。

　右のなかで、先にお生れになった、タギリビメノ命は宗像《むなかた》(3)の奥津《おきつ》宮に、イチキシマヒメノ命は中津宮に、タギツヒメノ命は辺津《へつ》宮に御鎮座。この三神は、宗像《の》君らがお祭りする三座の大神である。後にお生れになった五神のなかで、天ノホヒノ命の御子をタケヒラトリノ命と申し、出雲国造《いずものくにのみやつこ》・武蔵《むさしの》国造・上総《かずさ》海上《うなかみの》国造・下総《しもうさ》海上《の》国造・上総夷隅《いじむの》国造・対島県直《つしまのあがたのあたえ》・遠江《とおとうみの》国造らの祖先である。天ツヒコネノ命は、河内《かわちの》国造・額田部湯坐連《ぬかたべのゆえのむらじ》・常陸茨城《ひたちうばらきの》国造・倭《やまとの》田中《たなかの》直・山城《の》国造・上総望多《うまぐたの》国造・道尻岐閇《みちのしりのきへの》国造・周防《すほうの》国造・倭淹知《やまとのあむちの》造《みやつこ》・倭高市県主《のたけちのあがたぬし》・近江蒲生稲寸《おうみのがもうのいなぎ》・三枝部《さきくさべの》造らの祖先である。

　ハヤスサノヲノ命は、天照大御神に向って、

「わたくしの心が清らかなために、わたくしの生んだ子に女の子が出来たのです。これでみれば、わたくしの勝ちは明らかでしょう」

と、その、予誓《うけい》に勝った勢いにまかせて、天照大御神の御耕田の畔《あぜ》をこわしたり、灌《かん》

水《すい》の溝《みぞ》を埋めたり、また大御神が新穀をおあがり遊ばしている殿に、あちらこちらと屎《くそ》まり散らしたりなされた。天照大御神は、しかし、おとがめにもならず、

「大便のように見えるのは、あれは、弟がお酒に酔うて吐き散らしたものでしょうよ。また田の畔をこわしたり、溝を埋めたりしたのは、きっと、田になる所を畔や溝にしておくのは惜しいと思って、あんなにしたものでしょう」

と言いつくろってい給うたけれども、なお御暴行はやまないばかりか、一層ひどくなるのであった。

(1)正勝吾勝勝速日天之忍穂耳命。「葦原の中つ国の平定」「天孫降臨」の条参照。(2)「葦原の中つ国の平定」の条参照。(3)筑前国、官幣大社。

天の岩屋

ある日、天照大御神が、織殿で織女《おりめ》に神衣を織らせておいでになると、ハヤスサノヲノ命がその家の棟《むね》に穴をあけ、斑毛《まだらげ》の馬を逆剝《さかは》ぎにした皮を投げ落されたのであった。それを見た織女は、驚いた拍子に梭《ひ》で陰部《ほと》を突いて、息絶えてしまった。これには、さすがに天照大御神も怖《お》じ給うて、天《あめ》の岩屋の中にお引きこもりになってしまっ

た。

たちまち、高天原をはじめ下界の国も、深い暗黒にとざされ、夜ばかりの日が来る日も来る日も続いた。そうなるとまた、あらゆる悪神たちのさわぐ声が、五月蝿《さばえ》のごとくにぶんぶんとわき立ち、ありとある災いがことごとく起ってくるのであった。

そこで、八《や》百万《およろず》の神々が、天《あめ》の安《の》河の川原《かわら》におし集まり、タカミムスビノ神の御子のオモヒカネノ神(1)に方策を案じさせ、いろいろとその手はずをきめられることとなった。すなわち、まず常世長鳴鶏《とこよのながなきどり》を集めて鳴かせる。それから、天の安《の》河のほとりの堅石を取り、天の金山《かなやま》の鉄を採って、鍛冶《かじ》の天《あま》ツマラという者をさがし出し、イシコリドメノ命に命じて鏡を作らせる。また、タマノオヤノ命には八尺勾玉の紐玉を作らせる。天ノコヤネノ命を召して、天の香山《かぐやま》の男鹿《おじか》の肩骨をそっくり抜き取り、天の香山の朱桜《かばざくら》を取って男鹿の肩骨を焼いて、占い測らせる。そして天の香山の賢木《さかき》を根ごと掘りとったものに、上枝には八尺勾玉の玉紐をとり着け、中枝には八《や》咫《た》鏡をとり掛け、下枝には白布・麻布をとり下げて、これら種々《くさぐさ》のものは、フトダマノ命が御幣物《みてぐら》として捧げ持ち、天ノコヤネノ命が祝詞《のりと》を唱える。天ノタヂカラヲノ神(2)が、岩屋の戸のわきに隠れて立つ。天ノウズメノ命は天の香山のひかげのかずらを襷《たすき》とし、まさきのかずらを髪に結び、天の香山の小竹葉《ささは》を束ねて手に持ち、岩屋の前に空槽《うけ》を伏せて、その上をとんとん踏みとどろかして神懸《かみがか》り(3)をし、乳房《ちぶさ》をかき出し、裳紐《もひも》を陰部《ほと》の上に垂《た》れる——こうした手はずのあとで、高天原もゆすれるばかりに、八百万の神々が、どっと声をそろえて笑われるのであった。

この声に、天照大御神は怪しんで、岩屋の戸を細目にあけてごらんになり、

「わたくしが引きこもっているために、おのずから高天原は暗く、葦原《あしはら》の中つ国(4)も暗闇《くらやみ》にちがいないと思っているのに、どういうわけで、天ノウズメが踊ったり、神々がみな笑ったりしているのです」

「あなた様にもまさって」

と、天ノウズメがお答えする。

「貴《とうと》い神がいらっしゃいますので、大喜びで笑いさわいでいるのでございます」

こう申し上げているうちに、天ノコヤネノ命とフトダマノ命が、かの鏡を差し出して天照大御神にお見せすると、大御神は映ったすがたを見ていよいよ怪しくお思いになり、思わず、戸から少しばかりお出ましになったところを、戸のわきに隠れていた天ノタヂカラヲノ神が、すかさず御手を取ってお引き出し申し上げた。そして、フトダマノ命がすぐ注連縄《しめなわ》を御後ろに張り渡して、

「ここから内には、どうぞおはいり遊ばしませぬように」

天照大御神の御出現によって、ふたたび高天原も下界も、いっせいに明るい光に輝き渡った。

(1)思兼神。思慮の神で、こういう場合に常に出されている。この神及び以下の神々は「天孫降臨」の条参照。(2)天手力男神。(3)神がその人に入って、神の言葉をのべる。中巻の「新羅遠征の神告」の条参照。(4)下界の国土の名。

速須佐之男命の追放

ここに八百万《やおよろず》の神々は、御相談の上、ハヤスサノヲノ命に、罰として償いの物をうずたかく奉らせ、またその鬚《ひげ》を切り、手足の爪《つめ》を抜いて、御追放申し上げた。

ハヤスサノヲノ命は、それから、オホゲツヒメノ神のところに行って、何か食べ物をとお求めになった。すると、オホゲツヒメノ神は、鼻や口や尻《しり》からいろいろのおいしい物を取り出して、調理して差し上げられた。これを透き見していられたハヤスサノヲノ命は、穢《きたな》いことをして奉るとばかり、いちずに思い込んで、オホゲツヒメノ神を殺してしまわれた。その殺された神のからだには、頭に蚕、二つの目に稲種、二つの耳に粟《あわ》、鼻に小豆《あずき》、陰部に麦、尻に大豆が出来たのであった。

それをカミムスビノ御祖命《みおやのみこと》が取らせて種とし給うたのである。

八股の大蛇

それからハヤスサノヲノ命は、出雲の国の簸河《ひのかわ》(1)の上流の、鳥髪という地にお下りつき遊ばされた。すると、その川を箸《はし》が流れ下って来た。川上に人がいるらしい、そう思って、尋ね求めつつ上っておいでになると、はたして老夫婦が二人、一人の少女を中に据《す》えて泣いていた。

「そなたたちは、いったいだれだ」

と、ハヤスサノヲノ命は寄って行ってお尋ねになった。

「わたくしは国つ神(2)で、オホヤマツミノ神(3)の子でございまする。名はアシナヅチ。妻の名はテナヅチ、娘はクシナダヒメと申しまする」

「泣いているのは？」

「お聞き下さいませ、こういうわけでございまする。わたくしどもには、もと八人の娘がおりました。ところが、高志《こし》(4)の八股《やまた》の大蛇《おろち》が、年ごとにやってまいりましては、一人ずつ、食べて行くのでございます。ちょうど今もまた、それがやって来る時になっておりますので、泣いておりまする」

「ふむ。そして、その形は？」

「それはもうまるで、目は赤ほおずきのように血走り、からだは、胴が一つ、頭が八つに尾が八つ、からだには蘿《こけ》やら檜《ひのき》やら杉《すぎ》やらが生《は》えており、そのからだの長さは、八つの谷、八つの山裾《やますそ》にもわたる大きさ(5)、その腹を見ますると、一面に血でただれております」

「よしよし。わしに、その娘御をくれる気はないか」

「かたじけなくは存じまするが、あなた様はどなたでございましょうか」

「わしは、天照大御神の弟だ。いま高天原から下って来たところなのだ」

「さようでございましたか。差し上げるどころではございませぬ」

そこで、ハヤスサノヲノ命は、その少女を細目《こまめ》の櫛《くし》に変えてしまって、御髪に刺しておかれ、

「では、そなたたちは、これから、よく念を入れて味のよい酒を造り、それからまた、垣《かき》を作り廻して、その垣に八つの門をこしらえ、門ごとに八つの桟敷《さじき》を設け、桟敷の一つ一つに酒槽《さかぶね》を据えて、どれにもこれにも、いっぱい酒をついで待っていてくれ」

こうして準備を整えて待っていられると、まもなく八股の大蛇が、老人の言ったように、やってきた。そして酒槽ごとに八つの頭を傾け入れたが、酒に酔いとろけて、ごろりと横になってしまった。

ハヤスサノヲノ命はすかさず、帯びていられる十拳剣《とつかつるぎ》を抜いて、その大蛇をずたずたにお切り遊ばされた。そのため、簸河《の》は血になって流れた。さて、大蛇の中の尾をお切りになる時に、御刀の刃がこぼれたので、怪しく思って御刀の先で切り裂いてごらんになると、中に、細身のするどい剣が入っていた。命は、それを取りあげてみて、不思議なものだとお思いになり、天照大御神に献上された。これが、後の草薙《くさなぎ》の太刀《たち》(6)である。

(1)今、斐伊川。船通山に発して宍道湖に入る。鳥髪とは船通山である。(2)天つ神に対して下界の神。(3)「諸神産生」の条参照。(4)地名。簸川郡古志村にあり。(5)この姿は、地理的な実景をそのまま借りているとも言われている。(6)中巻「倭建命」の条参照。

須賀の宮

こうしてハヤスサノヲノ命は、宮を造るによい所を、出雲の国におさがしになったが、須賀《すが》においでになった時に、

「ここに来たら、なんだかすがすがしい気持になった」

と仰せられて、そこに宮造りして、御鎮座遊ばされた。だから、その地を今でも須賀(1)というのである。

この大神がはじめ須賀の宮をお造りになった時、その地から雲が立ちのぼった。それでお歌いになるには、

八雲《やくも》立つ
出雲八重《いづもやへ》垣《がき》
夫妻隠《つまご》みに
八重垣造る
その八重垣を

・

雲が立つ立つ　八雲立つ
出雲は雲が垣をなす
妻《つま》とこもれと垣をなす
夫《つま》とこもれと垣をなす

それから、アシナヅチノ神をお召しになって、

「そなたは、わしの宮の長官《かみ》になってくれるよう」

とて、名を稲田宮主《いなだのみやぬし》スガノヤツミミノ神とおつけになった。

(1)今、大原郡海潮村大字諏訪。

速須佐之男命の御子孫

かくて命がクシナダヒメと隠《こも》って、お生みになった神は、ヤシマジヌミノ神、また、オホヤマツミノ神(1)の御娘のカムオホイチヒメを娶《め》してお生みになった神は、オホトシノ神(2)、ウカノミタマノ神の二神であった。

兄神ヤシマジヌミノ神が、オホヤマツミノ神の御娘のコノハナチルヒメを娶してお生みになった御子は、フハノモヂクヌスヌノ神であり、そして、この神が、オカミノ神の娘のヒカハヒメを娶してフカフチノミヅヤレハナノ神を、またその神が、アメノツドヘチネノ神を娶してオミヅヌノ神を、またその神が、フヌヅヌノ神の娘のフテミミノ神を娶してアメノフユキヌノ神を、またその神がサシクニオホノ神の娘のサシク

ニワカヒメを娶してオホクニヌシノ神を、代々にお生みつぎになった。オホクニヌシノ神は、別にオホナムチノ神、アシハラシコヲノ神、ヤチホコノ神、ウツシクニタマノ神(3)などと、合わせて五種の御名をもっていられた。

(1)「諸神産生」の条参照。(2)「大年神の出現とその御子孫」の条参照。(3)大国主、大名持、葦原醜男、八千矛、顕国魂。

因幡の白兎

このオホクニヌシノ神の御兄弟には八十神《やそがみ》(1)がいられた。けれども皆、国をオホクニヌシノ神に譲られた。その、お譲りになったいきさつは、次のようであった。(2)

八十神たちはいずれも、因幡《いなば》のヤガミヒメを婚《め》(3)したい御心があって、連れ立って因幡におでかけになったことがある。その時、オホナムチノ神には荷物の袋をかつがせて、供人として連れておいでになった。気多《けた》の崎《さき》(4)まで行かれると、そこに、からだの皮を残らず剝《は》ぎとられた一匹の裸の兎《うさぎ》が臥《ふ》していた。八十神たちはそれを見て、教えられるには、

「おまえは、この海の水を浴びて、高い山の上で風に当っているとよい」

兎は、それを信じて、教えられた通りにして、臥していた。ところが、潮水が乾《かわ》くにつれて、からだの皮がことごとく吹き裂かれるので、痛さのあまり、そこに泣き倒れているところへ、最後からついて来られたオホナムチノ神が見て、おっしゃるには、

「なぜ、そんなに泣いているのじゃ」

「はい、わたくしはもともと、隠岐《おき》の国にいたものでございますが、こちらの陸に渡りたいばっかりに、海の鰐《わに》をだまして、わしらと君たちとどちらの一族が多いか、ひとつ比べっくらしてみよう。君は、一族を残らずここに連れて来て、この島から気多の崎まで、ずうっと並び伏してみたまえ。わたしがその上を踏んで走りながら数えてみる。そしたら、わたしの一族とどちらが多いか分るわけだ。こう申しましたので、鰐どもが、だまされるとは知らず、並び伏しましたところを、わたしが一つ、二つ、三つ、と数えつつ渡って来て、いま陸に降りようとする時に、「おれにだまされやがって」と言うより早く、最後にいた鰐がわたしを引っ捕えて、あか裸にしてしまいました。それで苦しんでおりますと、先においでになった神々が申されますには、潮水につかって、風に吹かれて臥《ね》ていよ、とのことでございましたゆえ、そのお教えのようにいたしましたら、すっかりこんなになってしまいました」

「それは気の毒なことをした。今すぐ急いでこの川口に行って、川の水でよくから

だを洗い、それから、川口の蒲《がま》の花を採って敷いて、その上にころがっておれ。ほどなくもとの膚のように、よくなるから」

そこで、その教え通りにすると、兎のからだはもとのようになおってきた。(5)

これが「因幡の白兎」であって、今は兎神(6)と申している。

さてそこで、兎が申し上げるには、

「八十神たちは、きっとヤガミヒメをお婚《め》しになることはできますまい。袋をかついではおられますけれど、あなた様こそ勝利者でございましょう」

その兎の言葉どおりに、ヤガミヒメは、八十神たちに、

「あなた方にはお従い申しかねます。わたくしはオホナムチノ神様のもとに嫁《ゆ》きたいと思っていますから」と答えられた。

(1)八十は多数を意味する。(2)「大国主神の根の国行き」の条まで続く。(3)八上比売。なお後条再出。(4)今、気高郡にある。正木が鼻という。(5)大国主神は、医療の神でもあって、次条の蘇生のことなども自然この神格と関係あることである。(6)今、白兎神社あり。

手間山の赤猪

これをきいた八十神たちは大いにお怒りになって、オホナムチノ神を殺そうとたくらみ、伯耆《ほうき》の国の手間《てま》(1)山のふもとに行き、

「この山に赤い猪《いのしし》がいる。わたしたちが追い降ろしたら、おまえは待ち受けてつかまえるんだぞ。もしつかまえなかったら、おまえを殺してやる」

そう言って、猪に似た大石を火で焼いて、上からころがし落されたので、追いすがってつかまえようとされたオホナムチノ神は、たちまちその石に焼かれて、死んでしまわれた。

このことを耳にされたオホナムチノ神の母神は、泣き泣き高天原に上って、カミムスビノ命にお命乞《いのちご》いをされると、キサガヒヒメとウムギヒメ(2)とをつかわして、生き返らせておやりになることになった。すなわち、キサガヒヒメが蚶《きさげ》の殻を削《けず》って焼き焦がし、ウムギヒメが水を加えて母乳にして、これを塗りつけると、死なれたと見えた神は麗しい若者によみがえって、歩き出されるのであった。

(1)今、西伯郡天津村にあり。　(2)蚶貝(キサガイ)、蛤貝(ウムギ)。赤貝と蛤《はまぐり》の擬人化、

また調薬法の説話化である。

大国主神の根の国行き

これを見られた八十神たちは、また欺いて山に連れて行き、大木を切り倒して、その木の裂け目に楔《くさび》を打ち込んで、その中に入らせ、その楔を打ち放して、まんまとはさみ殺してしまわれた。

母の神は、また泣き泣きさがし廻られたが、そこにさがしあてられて、さっそく、その木を裂いて引き出し、よみがえらせておっしゃるには、

「そなたは、このまま、ここにいたら、おしまいには八十神たちに攻め殺されてしまいましょう」

と、木の国(1)のオホヤビコノ神のもとに急《せ》き立てて、おやりになった。すると、八十神たちが尋ね出して、追いかけてきて射殺そうとされた。オホナムチノ神は木の陰に隠れて、その木の股《また》からぬけて逃げて行かれた。

「根堅洲国《ねのかたす》に！」

母神は後ろから呼んで、

「スサノヲノ命のいらっしゃる根《の》堅洲国においでなさい。きっと命がよい手だてを考えて下さるでしょうから」

と教えられた。オホナムチノ神は母神のお言葉に従って、スサノヲノ命のもとに行かれると、その御娘のスセリビメノ命が出て来られて、顔を見合わして、夫婦の契りを結ばれた。そうしてから、姫は家に入って父の大神に、

「たいへんお綺麗《きれい》な神様がいらっしゃってよ、お父様」

とお告げになると、大神も出て来られて、

「これは、アシハラシコヲノ神じゃ」

と、さっそく家の内に呼び入れて、蛇《へび》の室《むろ》に寝させた。妻のスセリビメノ命は、蛇のひれ(2)を夫神《せのかみ》に渡して教えられるには、

「蛇がくいつこうとしましたら、このひれを三度振って、お払い遊ばせ」

そこで、その教えのようにされたところ、蛇たちは自然に静まってしまったので、安らかにおやすみになることができた。翌晩には、また蜈蚣《むかで》と蜂《はち》の室に入れられたが、また蜈蚣と蜂のひれを渡されたので、そこでも安楽に一夜をお過ごしになることができた。

次には、鳴鏑矢《なりかぶらや》(3)を広野の中に射入れて、

「あの矢を取って来い」

との御命令であった。

そこで野の中に入って行かれると、野に火をつけて焼き立てられた。オホナムチノ神は、出口を失っていられると、そこへ鼠《ねずみ》が来て、

「内は空虚《ほら》〳〵、外は狭窄《すぶ》〳〵」

というので、そこをお踏みになると、ぽんと穴があいて、その中に落ち込んでいられるうちに、火は無事にその上を焼き過ぎて行った。そして鳴鏑矢も、鼠がくわえて持ってきてくれた。その矢の羽は、鼠の子たちがすっかり食ってしまっていた。

妻の命《みこと》のスセリビメは、弔いの道具を持って泣き泣き来られ、父の大神も、焼け死んだものとのみ思って野に出て来て見られると、オホナムチノ神は矢を手にしてきて差し出されたので、また家に連れ帰り、大室《おおむろ》に呼び入れて頭の虱《しらみ》を取らせた。そこでなにげなく、その御頭をごらんになると、蜈蚣《むかで》がいっぱいたかっている。するとまた妻の命が、椋《むく》の実と赤土とを夫神に渡されたので、その椋の実をかみ砕き、口に含んで吐き出されると、大神は、蜈蚣を食い殺して吐き出すのだと、可愛く思われ、目を閉じて思わずまどろまれた。そのすきに、オホナムチノ神は、大神の御髪の毛を部屋《へや》の椽《たるき》ごとに結びつけ、五百人引きの大石でその室《むろ》の戸をふさぎ、妻の命スセリビメを

背負うて、大神の生太刀《いくたち》・生弓矢《いくゆみや》(4)と、琴とを持って逃げ出された。ところが、その時に、琴が木に触れたために、大地がとどろき渡った。

やすんでいられた大神は、驚いて目がさめ、起き上がって出られる時、その室を引き倒されたが、椽に結んだ御髪を解かれる間に、二神は遠く逃げ延びてしまわれた。大神は黄泉平坂《よもつひらさか》までお二人を追うて来られたが、はるかに二神の姿を見やって、

「その、おまえの持っている生太刀・生弓矢で、おまえの庶兄弟《あにおと》どもを、坂のふもとごとに追い伏せ、川の瀬ごとに切り払って、おまえが、大国主の神となり、また顕《うつし》国魂《くにたま》(5)の神ともなり、わしの娘のスセリビメを正妃《むかいめ》として、宇迦《うか》(6)山のふもとに、地の底深く太い柱を築《つ》き立て、見上げるような高い屋根の大宮を造って居れ、此奴《こやつ》め」

と申された。ここに、オホナムチノ神は、その太刀と弓とをもって八十神たちを追い攻められる時、坂のふもとごとに追い伏せ、川の瀬ごとに切り払うて、はじめてその国土建設を遂げられたのであった。

さて、前に話した、かのヤガミヒメは、さきの約束通り、オホナムチノ神にお許しになった。そこで、オホナムチノ神は、ヤガミヒメを出雲の国に迎えて来られたけれども、ヤガミヒメは正妃のスセリビメの御嫉妬《しっと》をこわがって、お生みになった御子を木の股にはさんで置いて、因幡の国にお帰りになった。だから、その御子の名をキノ

マタノ神と申し上げるのである。一名ミヰノ神(7)とも。

(1)紀伊国。出雲神話は紀伊、大和と密接な関係がある。この神は木の種をもたらした神となっている。(2)蛇を払うまじないの力を持つ領巾《ひれ》。領巾は上古女子が首にかけて左右にたらしたもので、今のマフラーのようなもの。(3)射ると雷のような音を立てるしかけに作ってある。(4)生は、ほめことばである。(5)顕国は、黄泉の国からさしての現世の国。(6)今、出雲国簸川郡鰐淵村にある。(7)御井神。

沼河比売への求婚

さらにこのヤチホコノ神が、高志《こし》の国のヌナカハヒメを婚《め》しにおいでになった時、その家に着いて歌い給うた歌は、

八千矛《やちほこ》の　神の命《みこと》は
八島国《やしまぐに》　妻求《ま》ぎかねて
遠遠し　高志《こし》の国に
賢《さか》し女《め》を　ありと聞かして

八千矛の神の命ぞ　このわれは
八島国こそ広けれど　気に添う妻を求めかね
遠い遠い越国《こしぐに》に
賢いおとめがあると聞き

麗《くは》し女《め》を　ありと聞こして
さ婚《よば》ひに　在《あ》り立たし
婚ひに　在り通はせ
太刀《たち》が緒《を》も　未《いま》だ解かずて
襲《おすひ》をも　未だ解かねば
処女《をとめ》の　寝《な》すや板戸を
押そぶらひ　わが立たせれば
引こづらひ　わが立たせれば
青山に　鵼《ぬえ》は鳴き
さ野《ぬ》つ鳥　雉《きぎし》は響《とよ》む
庭つ鳥　鶏《かけ》は鳴く
慨《うれ》たくも　鳴くなる鳥か
この鳥も　打ち止《や》め臥《こ》せね
いしたふや　天馳使《あまはせづかひ》
事の　語《かた》り言《ごと》も　此《こ》をば

美しいおとめがあると聞き
いくたび会いに来たことか
いくたび来ては立つことか
太刀の緒《お》紐《ひも》もまだ解かず
忍びの衣《きぬ》もまだ解かず
閨《ねや》の板戸をがたがたと
押して夜すがらわが立てば
引いて夜すがらわが立てば
青山に鳴く鵼鳥の　声に心も身もわびし
はては雉が野らで鳴き
はては庭べで鶏が鳴く
ええ　夜も明け方に近づくか　恨めしく鳴くこの鳥め
とめてやろうか息の根を
心焦がるるこの歌は　心も空に飛ぶ思い
聞かせてやりたい　かのひとへ

ヌナカハヒメは、まだ戸をあけずに家の中から歌われる。

八千矛《やちほこ》の　神の命《みこと》
ぬえ草の　女《め》にしあれば
わが心　浦渚《うらす》の鳥ぞ
今こそは　千鳥《ちどり》にあらめ
後は　和鳥《などり》にあらむを
命《いのち》は　な死せ給ひそ
いしたふや　天馳使《あまはせづかひ》
事の　語り言も　此をば

青山に　日が隠《かく》らば
ぬばたまの　夜《よ》は出《い》でなむ
朝日の　笑《ゑ》み栄え来て
栲綱《たくづぬ》の　白き腕《ただむき》
沫雪《あわゆき》の　わかやる胸を

八千矛の神の命よ　わたくしは
なよなよ草の女ゆえ　胸の思いを譬《たと》うれば
浦渚に棲《す》める鳥のよう　人目が気が気でなりませぬ
千鳥の群れ鳴く思いして　心が千々に乱れます
けれどもやがて時を見て　きっと静かに会いましょう
待って下さい　死なないで
心焦がるるこの歌は　心も空に飛ぶ思い
聞かせてやりたい　かのひとへ

青山西山　日が暮れて
暗い真暗い夜になれば
朝日のようにうれしさを　笑みに浮べて会いましょう
栲綱の様な白腕《しろうで》を
沫雪の様な軟胸《やわむね》を

そだたき　たたきまながり　　互いにしっかり抱きかわし
真玉手《またまで》　玉手差し纏《ま》き　　互いに手をば差しかわし
股長《ももなが》に　寝《い》はなさむを　　足も長々さしのべて　心ゆく夜もあるものを
あやに　な恋ひ聞こし　　あまり急《せ》いたり遊ばすな
八千矛の　神の命　　八千矛の神の命よ　心から
事の　語り言も　此をば　　聞かせてやりたい　この歌を

こうして、その夜はお許しにならずに、翌《あく》る夜にお婚《あ》いになった。

須世理毗売の嫉妬

ヤチホコノ神の正妃《せいひ》スセリビメノ命は、大の嫉妬《しっと》深《ぶか》い方であった。それで夫神《せのかみ》は手を焼いて、出雲から大和の国に行こうとして、旅装を整えて旅立ちされる時に、片手を馬の鞍《くら》にかけ、片足を鐙《あぶみ》に踏み入れて歌い給うには、

ぬばたまの　黒き御衣《みけし》を　　つやつや黒いこの衣

まつぶさに　取り装《よそ》ひ
奥《おき》つ鳥　胸《むな》見る時
はたたぎも　これはふさはず
辺《へ》つ波　磯《そ》に脱ぎ捨《う》て
翠鳥《そにどり》の　青き御衣を
まつぶさに　取り装ひ
奥つ鳥　胸見る時
はたたぎも　此《こ》もふさはず
辺つ波　磯に脱ぎ捨て
山県《やまがた》に　蒔《ま》きし茜《あたね》春《つ》き
染木《そめき》が汁《しる》に　染衣《しめごろも》を
まつぶさに　取り装ひ
奥つ鳥　胸見る時
はたたぎも　此《こ》しよろし
いとこやの　妹《いも》の命《みこと》
群鳥《むらどり》の　わが群れ去《い》なば

よくよく着けて海鳥の
胸見るように身を反《そ》らせ
見ればこの色　気に入らぬ
磯辺《いそべ》に波の寄るように　後ろにさっと脱ぎすてる
かわせみ色の青衣
よくよく着けて海鳥の
胸見るように身を反らせ
見ればこの色　気に入らぬ
磯辺に波の寄るように　後ろにさっと脱ぎすてる
山田に蒔いた茜草《あかねぐさ》
春《つ》いて濃染《こぞめ》の緋《ひ》の衣
よくよく着けて海鳥の
胸見るように身を反らせ
見ればこれこそよく似合う
いとしい妻よ　群鳥の
群れ行くようにわが行けば

引け鳥の　わが引け去なば
泣かじとは　汝《な》は言ふとも
山処《やまと》の　一本薄《ひともとすすき》
項傾《うなかぶ》し　汝が泣かさまく
浅雨の　さ霧に立たむぞ
若草の　妻の命《みこと》
事の　語り言も　此をば

引け行く鳥とわが行けば
泣いたりなどはしませぬと
そなたは気強く言ったとて　山に一本立つ薄
うなだれ伏して泣くように　そなたの泣くのが目に見
える
浅雨狭霧《さぎり》しおしおと　悲し涙に曇ろうよ
まことは若いわが妻に
聞かせてやりたい　この歌を

スセリビメノ命は、お杯を取って、ヤチホコノ神に寄り添いながら、それを捧げてお歌いになるには、

八千矛《やちほこ》の　神の命や
我《あ》が大国主
汝《な》こそは　男《を》にいませば
打ち見る　島の崎崎《さきざき》

八千矛の神の命
わが大国主よ
あなたは男であるゆえに
見える島々　国の果て

掻《か》き見る　磯《いそ》の岬《さき》落ちず
若草の　妻持たせらめ
我《あ》はもよ　女《め》にしあれば
汝《な》を除《き》て　男《を》は無し
汝を除て　夫《つま》は無し
綾垣《あやがき》の　ふはやが下に
蒸衾《むしぶすま》　柔《にこ》やが下に
栲衾《たくぶすま》　さやぐが下に
沫雪《あわゆき》の　わかやる胸を
栲綱《たくづぬ》の　白き腕《ただむき》
そだたき　たたきまながり
真《ま》玉手《たまで》　玉手差し纏《ま》き
股長《ももなが》に　寝《い》をしなせ
豊御《とよみ》酒《き》　奉らせ

見える磯々　いずこでも
心のままに年若い　妻をお持ちになれましょう
わたしは女であるゆえに
あなたをおいて男なく
あなたをおいて夫はない
綾の帳《とばり》を引き廻し
ふわふわなびくその下で　暖かい夜具のその中で
真白い夜具もさやさやと
沫雪の様な若胸を
栲綱の様な白腕を
ぴったり抱いて抱きかわし
互いに手をば差しかわし
足も長々やすみましょう
ごきげん直しにお杯ほしませ

こう歌い終えて、お杯を酌《く》みかわし、互いに首に手をかけ合い給うて、今に至るまで御鎮座になっている。右の御歌は「神語《かむごと》」と申している。

大国主神の御子孫

このオホクニヌシノ神が、宗像《むなかた》の奥津宮《おきつ》に鎮座のタギリビメノ命を娶《め》してお生みになった御子は、アヂシキタカヒコネノ神、妹タカヒメノ命、(1)一名シタテルヒメノ命。このアヂシキタカヒコネノ神は、今、迦毛《かも》大御神と申す神である。

また、オホクニヌシノ神が、カムヤタテヒメノ命を娶してお生みになった御子は、コトシロヌシノ神。(2)また、ヤシマムヂノ神の娘トトリノ神を娶してお生みになった御子は、トリナルミノ神である。この神がヒナテリヌカタビチヲイコチニノ神を娶してハクニオシトミノ神を、また、その神がアシナダカノ神、一名ヤカハエヒメを娶してヤミカノタケサハヤヂヌミノ神を、また、その神がアメノミカヌシノ神の娘サキタマヒメを娶してミカヌシヒコノ神を、また、その神がオカミノ神の娘ヒナラシビメを娶してタヒリキシマルミノ神を、また、その神がヒヒラギノソノハナマヅミノ神の娘イクタマサキタマヒメノ神を娶してミロナミノ神を、また、その神がシキヤマヌシノ神の娘アヲヌマヌオシヒメを娶してヌノオシトミトリナルミノ神を、また、その神がワカヒルメノ神を娶してアメノヒバラオホシナドミノ神を、また、その神がアメノサギリノ神の娘トホツマチネノ神を娶してトホツヤマサキタラシノ神を、それぞれお生みになった。

右のヤシマジヌミノ神から、トホツヤマサキタラシノ神までを「十七世《とおまりななよの》神《かみ》(3)」といっている。

(1)この兄妹の神は、「阿遅志貴高日子根神」の条参照。(2)「大国主神の国譲り」の条参照。(3)実際本文では十五世。

少名毗古那神

ある時、オホクニヌシノ神が出雲の美保《みほ》の崎にいられると、白い波がしらを、雀《すずめ》瓢《ひさご》の殻を割ってこしらえた船に乗り、蛾《が》の皮をそっくり剝《は》いだ着物を着て、漕《こ》ぎ寄せて来る神がある。その名を問われたけれども、黙って答えられない。御供の神々にお尋ねになっても、みんな、

「存じませぬ」

と申すばかりであった。この時、蟾蜍《ひきがえる》が、

「これは、クエビコ(1)がきっと存じておりましょう」

と申すので、すぐクエビコを召してお尋ねになると、

「この方は、カミムスビノ神の御子、スクナビコナノ神様でございます」

とお答えした。

そこで、カミムスビノ御祖《みおやの》神に申し上げてみると、

「たしかにわたしの子じゃ。子どもたちのなかで、わたしの手の股から漏れて落ちた子じゃよ」

と、スクナビコナノ神をかえりみて、

「そなたは、アシハラノシコヲノ命と兄弟になって、その国を堅固にしてやるがよい」

と言い聞かせられた。それで以後は、オホナムチノ神とスクナビコナノ神と、力を合わせて、この国を作り固められることとなった。しかし、後にそのスクナビコナノ神は、ほどなく常世《とこよ》(2)の国に渡ってしまわれた。このスクナビコナノ神の御名を顕《あらわ》し奉ったクエビコとは、今では山田の案山子《そほど》というものである。この神は、足は利《き》かないが、天下の事をことごとく知っている神なのである。

(1)かかしの擬人化。　(2)この国に対して、海のかなたの国。以下しばしば見える。

大年神の出現とその御子孫

そこで、オホクニヌシノ神は悲しんで、

「自分ひとりで、どうしてこの国土を作ることができよう。だれかわたしと力を合わせて、この国を作ってくれるものはないか」

こう歎かれる折から、海原を輝かせて、近寄って来られる一人の神がある。その神が、

「わたしを手厚く祭るならば、ともどもに、力を合わせて国土を作り上げてやる。だが、もしわたしを祭ってくれなければ、国を作るなどということは、とてもむずかしいことじゃ」

「では、お祭り申すには、どのようにいたしたらよろしいでしょう」

「わたしを、大和の国を垣《かき》のように取り廻している青山の、東の山の上に祭りなさい」

この神は今、御諸《みもろ》山(1)の上に御鎮座になっていられる神である。

そのオホトシノ神が、カムイクスビノ神の娘イヌヒメを娶してお生みになった御子は、オホクニミタマノ神、カラノ神、ソホリノ神、ムカヒノ神、ヒジリノ神の五神。

また、カガヨヒメを娶してお生みになった御子は、オホカガヤマトオミノ神、ミトシノ神の二神。また、アメシルカルミヅヒメを娶してお生みになった御子は、オキツヒコノ神、オキツヒメノ神、一名オホベヒメノ神。この神は人々の祭る竈《かまど》の神である。次にオホヤマクヒノ神、一名ヤマスヱノオホヌシノ神。この神は今、近江の国の比叡《ひえい》山、また山城の国葛野《かどの》郡の松尾に御鎮座になっている鳴鏑矢《なりかぶらや》の神である。次にニハツヒノ神、アスハノ神、ハヒキノ神、カガヤマトオミノ神、ハヤマドノ神、ニハタカツヒノ神、オホツチノ神、一名ツチノ御祖《みおやの》神の九神(2)である。

上の、オホトシノ神の御子は、オホクニミタマノ神からオホツチノ神まで、合わせて十六神である。

ハヤマドノ神が、オホゲツヒメノ神を娶してお生みになった御子は、ワカヤマクヒノ神、ワカトシノ神、妹《いも》ワカサナメノ神、ミヅマキノ神、ナツタカツヒノ神、一名ナツノメノ神、アキビメノ神、ククトシノ神、ククキワカムロツナネノ神である。

上の、ハヤマドノ神の御子は、ワカヤマクヒノ神からワカムロツナネノ神まで、合わせて八神である。

(1)大和国、官幣大社大神《おおみわ》神社。　(2)実数は十神。

葦原の中つ国の平定

さて、ここに天照大御神は、

「葦原《あしはら》のひろびろとひろがり、稲穂《いなほ》の永久《とわ》万世《よろずよ》と栄える、あの下界の国は、御子マサカアカチカチハヤビアメノオシホミミノ命(1)の御領知になる国であるぞ」

こう御宣勅遊ばされて、その神をお下し遊ばされた。そこで、御命令をお受けになったアメノオシホミミノ命は、天の浮橋に立って、そこから下界を見おろし給うたが、

「この国は、たいそう騒ぎ乱れているようじゃ」

と言って、高天原に引き返し、天照大御神に、いかに処置すべきかをお伺いになった。そこで、タカミムスビノ神と天照大御神二神の御召集により、天の安《の》河の川原に八百《やお》万《よろず》の神々が押し集まられて会議となった。

「この葦原の中つ国は、わが御子の御領知遊ばす国と勅し給うた御国である。しかるに、この国には、暴威を振う国つ神たちが多くいる由、御子が申しておる。これを平定するには、どの神をつかわしたらよいであろうか」

とお諮《はか》りになる。そして、例のごとくオモヒカネノ神に思い謀《はか》らせ給うたところ、オ

モヒカネノ神と八百万の神々とお謀りになって、

「天ノホヒノ神をつかわしたらよろしゅうございましょう」

と申し上げた。

それによって、天ノホヒノ神をつかわし給うたが、その神はそのまま、オホクニヌシノ神に媚《こ》び附いてしまって、三年たっても何の報告も申し上げて来なかった。

そこでまた、タカミムスビノ神と天照大御神とが諸神にお諮りになるには、

「葦原の中つ国につかわした天ノホヒノ命は、もはや久しい間になるが、何の知らせももたらさない。今度はいずれの神をつかわしたらよいものだろうか」

「天《あま》ツクニタマノ神の子の、天《あめ》ワカヒコをおつかわしになったらいかがでございましょう」

と、オモヒカネノ神がお答えした。それによって、強弓と大矢とを天ワカヒコにお授けになって、つかわされることになった。しかるに天ワカヒコは、国に下りつくとすぐ、オホクニヌシノ神の娘シタテルヒメを妻とし、やがてはその国をわがものにしようと考えて、八年たっても御報告を申し上げない。そこでまた天照大御神とタカミムスビノ神とは、諸神を集めて、

「天ワカヒコが行ってから、もはや久しい間になる。それだのに、これまた復命を

申して来ない。今度こそは、だれをつかわして、天ワカヒコが永らく葦原の中つ国にとどまっている理由を糾問させたらよかろうか」

「では、雉《きじ》の、鳴女《なきめ》を」

諸神とオモヒカネノ神が申し上げた。

「さらば」

と雉に御命令が下った。

「さっそく下って天ワカヒコに尋ねて来い。天ワカヒコよ、そなたを葦原の中つ国につかわしたのは、その国の荒神たちを平定せよというのであったはずだ。なにゆえ八年になるまでも、かく御報告申さないのか――と」

鳴女は高天原から下って、天ワカヒコの家の門にある大楓《かつら》の木にとまって、天つ神の御命令通りのお言葉を伝えた。ところが、天ノサグメ(2)という天ワカヒコの侍婢《じひ》がこれを聞いて、

「この鳥はほんとに鳴き声のわるい鳥でございますこと。射殺しておしまい遊ばしませ」

天ワカヒコは、そこで、天つ神から賜わっていた弓に、同じ矢をつがえて、その雉を射殺した。矢は、雉の胸を貫いて空高く上り、天の安河《の》の川原にい給うた天照大御

神とタカミムスビノ神、御別名タカキノ神の御足元に落ちた。手に取ってごらんになると、その矢の羽にべっとり赤い血が附いている。

「この矢は、天ワカヒコに授け給うたあの矢じゃ」

とタカキノ神は申されて、諸神にもお見せになりながら、

「もし天ワカヒコが、御命令にたがわず、荒神を射た矢の来たのならば、天ワカヒコに当るな。もし、よくない心を持っているのなら、この矢に当って死ね」

と、その矢を、矢の来た穴から突き返し給うと、朝床に寝ていた天ワカヒコの胸先に当って、天ワカヒコはそのまま死に果てた。これが「返し矢は恐れよ」という諺《ことわざ》のもとの起りである。雉はもちろん帰って来なかった。だから、今も諺に「雉の使いは出たきり」というのである。

さて、天ワカヒコの妻シタテルヒメの泣き声は、風のまにまに天まで聞えて来た。これを聞いて、高天原にいた天ワカヒコの父の天ツクニタマノ神や、その妻子たちが、下って来て泣き悲しんだ。そして、そこに喪屋を作って葬ったが、川雁《かわがり》を死者の給仕人、鷺《さぎ》を箒持《ほうきも》ち、翠鳥《かわせみ》を死者の食物の調理人、雀《すずめ》を米舂《つ》き、雉《きじ》を泣女《なきおんな》として執り行うこととして、八日八夜の間、音楽舞踏を続けた。(3)

(1)「天照大御神と速須佐之男命」の条参照。　(2)天探女。　(3)上古葬礼の一例。

阿遅志貴高日子根神

この時、アヂシキタカヒコネノ神が来て、天ワカヒコの喪を弔われると、天から来ていた天ワカヒコの父とその妻とが、

「わしの子は死なずにいたぞ」

「まあ、生きていらっしゃったわ!」

と、その手足に取りすがって泣くのであった。人違いをしたのは、あまりよく似ていられたからの誤りだったのである。アヂシキタカヒコネノ神は、大いに怒って、

「わたしは仲良い友であればこそ、弔いに来たのじゃ。それに、なんで、穢《けが》らわしい死人になぞらえたりするのだ」

と、帯びた十拳剣《とつかつるぎ》を抜くなり、その喪屋を切り伏せ、足で蹴飛《けと》ばしてしまわれた。これが、美濃《みの》の国の藍見《あいみ》川の川上にある喪山という山である。切った大刀《たち》の名は、大《おお》量《はかり》とも、また神度《かむど》の剣とも言っている。

こうして、アヂシキタカヒコネノ神は、顔面朱を注いで飛び去られる時に、その妹のタカヒメノ命が、兄神の御名を神々に知らせようと思って、次の歌を歌われた。

天《あめ》なるや　弟機織女《おとたなばた》の
項《うな》がせる　玉の御統《みすまる》
御統に　穴玉はや
み谷　二《ふた》渡らす
阿遅志貴高日子根《あぢしきたかひこね》の神ぞや

天《そら》に機織る織女《たなばた》の
首にかけたる玉紐《たまひも》の
玉の光りの麗しさ
その玉の様に輝いて　谷を二谷飛び渡る
あれはアヂシキタカヒコネ

これは「夷振《ひなぶり》」という曲調の歌である。

大国主神の国譲り

「今度は」

と、また天照大御神がお諮《はか》りになる。

「いよいよ、だれをつかわしたらよかろうか」

オモヒカネノ神と諸神は、

「天の安河《の》の川上の天の岩屋にいるイツノヲハバリノ神がよろしゅうございましょ

う。もしこの神でないとすれば、この神の御子のタケミカヅチノヲノ神をおつかわし遊ばしませ。ただしヲハバリノ神は、天の安河《の》の水をさかさまに塞《せ》き止めて道をふさいでおりますから、めったな神では行くことができませぬ。それで、これには天ノカクノ神をおつかわしになりまして、お請けするかどうか、お問い遊ばすがよろしゅうございましょう」

そこで、天ノカクノ神を使者として、ヲハバリノ神の意向をお伺いになると、

「恐れ多い仰せでございまする。お役にお立ち申しましょう。しかし、これには、わたくしの子のタケミカヅチノ神をお差遣《さしつかわ》し下さいまするよう」

と、タケミカヅチノ神を差し出したので、この神に天ノトリフネノ神を副《そ》えておつかわしになった。

二神は、出雲の国の、伊那佐《いなさ》の小浜《おばま》(1)に下りつかれ、十拳剣を抜いて、波がしらにさかさまに刺し立て、その切先に趺《あぐら》をかいて、オホクニヌシノ神に問いかけられるには、

「天照大御神とタカキノ神の御命令により、そなたの所存をききにつかわされた使者じゃ。そなたの領知している葦原の中つ国は、そもそも大御神が、御子に御領知遊ばすよう、お差向け遊ばされている。それについて、そなたの所存はどうじゃ」

「そうした重大事は」

と、オホクニヌシノ神は困惑しながら、

「わたくし一人ではお答え申し上げかねまする。わたくしの子の、ヤヘコトシロヌシノ神が、(2)御確答申すはずでござりまするが、あいにく、鳥狩《とがり》や魚取りに美保《みほ》の崎に(3)行って、まだ帰って参りませぬ」

と申されるので、さっそく、天ノトリフネノ神をやって、ヤヘコトシロヌシノ神を召し返し、この神にお尋ねになると、

「恐れ多いお尋ねでございます。この国は、天照大御神の御子様に御献上なさいますよう」

と父神に言うなり、その船をみずから踏み傾けて、手を拍《う》ち鳴らし、(4)青柴垣《あおしばがき》を作ってその中に身を隠してしまわれた。

「さあ、そなたの子の、コトシロヌシノ神は承知と申したぞ。なおほかにきくべき子があるか」

「いま一人の子の、タケミナカタノ神(5)がおりまする、これのほかにはおりませぬ」

こう語られる折から、そのタケミナカタノ神が、千人引きの大石を手先で差し上げながら来て、

「何者じゃ、わが国に来て、ひそひそぬかしているやつは。この国がほしいという

のか。それでは、力くらべをすることにしよう。わしが、まずそなたの手をつかんでみるが、よいか」

タケミカヅチノ神は、言われるままに手を握らせなさると、御手が突き立つ氷のようになり、また握れば剣の刃のようになって握ることができない。タケミナカタノ神は震えて後退《あとじさ》りされるのを、

「今度は、こちらの番だ、さあ手を出せ」

と、握るなり、若葦をつかむように造作もなくつかみひしいで投げ放されると、タケミナカタノ神は、そのまま逃げ去られた。

「おのれ、逃げるか」

と、信濃《しなの》の国の諏訪《すわ》(6)の湖畔《こはん》まで追うて、追い詰め、殺そうとなさる時、

「恐れ入りました」

と、タケミナカタノ神は平伏して、

「わたくしをお許し下さい。ここからほかの所には出て行きませぬ。父のオホクニヌシノ神の命令にもそむきませぬ。また兄のヤヘコトシロヌシノ神の言葉にも、反対いたしませぬ。この葦原の中つ国は、天照大御神の御子様の仰せ通り献上いたします
る」

とあやまられた。そこで、また帰って来て、オホクニヌシノ神に向い、

「そなたの子の、コトシロヌシノ神、タケミナカタノ神は、天つ神の仰せのままにそむきませぬと承服いたしたぞ。さ、そなたの心はどうじゃ」

「わたくしの子どもの二神がさよう申しましたならば、その通りに、わたくしも仰せにそむきませぬ。この葦原の中つ国は、仰せのままに差し上げましょう。ただ、わたくしの住処《すみか》をば、天照大御神の御子様が、天位をお承《う》け遊ばして坐《ま》します、御立派な御所のごとくに、太柱を地の底深く築《つ》き立てて、空に見上げるばかり聳《そび》えて高い屋根の大宮を造り、そこにわたくしを祭って下さりますれば、わたくしはこの世から遠く隠れ退きまする。またわたくしの数多《あまた》の子神どもは、ヤヘコトシロヌシノ神が、天つ神の御子様のお先となりお後となって御守護申し上げまするゆえ、そむき申すような神はひとりもござりますまい」

そこで、大国主神のために、出雲の国の多芸志《たぎし》(7)の小浜《おばま》に社殿を造られることとなったのであるが、それには、ミナトノ神の孫のクシヤタマノ神に神饌《しんせん》のお世話を申し上げさせ、その神饌を奉る時に、祝詞《のりと》を申すのである。まずクシヤタマノ神が鵜《う》となって海の底に入り、底の土をくわえ上って、それで神饌を盛る数多の平皿《ひらざら》を作り、また神饌を煮るために、海布《め》(8)の幹《から》を刈り取ってきてそれを燧臼《ひきりうす》(9)とし、同じく海蓴《こも》の幹を燧《ひきり》

杵《ぎね》として火を鑽《き》り出し、さて申す祝詞は、

「このわたくしの鑽り出しました火をもって、高天原の方は、カミムスビノ御祖命《みおやの》の広壮な御厨《みくりや》の、屋根の煙出しの煤《すす》の厚く積もるまで焚《た》き上げ、地の下の方は、底の岩根まで焚きこめて、楮《こうぞ》の皮で縒《よ》った千尋《ちひろ》の縄《なわ》を、釣する海人《あま》が引き延べて、大口の、鰭《ひれ》の小さな鱸《すずき》を、さわさわと釣り上げ引き寄せて、割竹の簀《す》の撓《たわ》むまでに、山と捕《と》った鮮《あたら》しい魚を煮て、奉ります」

(1)簸川郡杵築町の海浜。(2)八重事代主神。(3)今の美保関の東の岬。(4)呪術の一種。(5)建御名方神。(6)今、官幣大社諏訪神社がある。(7)簸川郡川跡村がその地という。ただし、この社殿が今の出雲大社たるべきはいうまでもない。(8)海布・海蓴はともに海藻の名。(9)燧臼・燧杵は上古の発火用具。同社に今にこの風を伝え、現存するという。

天孫降臨

さて、タケミカヅチノ神は、高天原に帰り上られて、葦原の中つ国を御平定になった始終を言上された。天照大御神とタカキノ神は、日嗣《ひつぎ》の御子マサカアカチカチハヤ

ビアメノオシホミミノ命に、

「今、葦原の中つ国は、鎮定を終えたと申している。それで、先に申した通りに、その国に下って御統治あるよう」

ところが、御子がお答え遊ばすには、

「わたくしが下ろうと支度《したく》をしておりました間に、子どもが生れました。名は、天《あめ》ニギシ国ニギシ天《あま》ツヒタカヒコホノニニギノ命(1)と申します。この御子を下すことにいたしましょう」

この御子とは、タカキノ神の娘のヨロヅハタトヨアキツシヒメノ命を娶《め》(2)してお生みになった御子の、天ノホアカリノ命、次にヒコホノニニギノ命の、御末子の方である。

さて、右のように申されるままに、ヒコホノニニギノ命に御命令を下された。

「この豊葦原《とよあしはら》の水穂《みずほ》の国は、そなたが御領知になる国である。御下命の通りに、さっそく天下るよう」

そこで、いよいよヒコホノニニギノ命が天下り遊ばそうとされると、とある分れ道のところで、上は高天原を照らし、下は葦原の中つ国を照らしている神が立っていられる。天照大御神とタカキノ神とは、天ノウズメノ神に、

「そなたは手弱女《たわやめ》ではあるが、いかなる者に面しても怖《お》じない気の強い神であるか

ら、かしこに行って尋ねておいでなさい、天つ神の御孫《みこ》が天下り遊ばす道に、いったいどこの神がそうして立っているのかと」

その仰せ通りに尋ねに行くと、

「わたくしは国つ神で、名はサルタビコノ神(3)と申すものでござりまする。ここに出ておりまするのは、天つ神の御孫《みこ》様が天下り遊ばすことを耳にいたしましたゆえ、御道しるべをいたしたいと存じまして、ここまでお出迎え申した次第でござりまする」

との返事であった。そこで、天ノコヤネノ命、フトダマノ命、天ノウズメノ命、イシコリドメノ命、タマノヤノ命、合わせて五部族の首長を一行に差し加え、サルタビコを道案内とし、いよいよ御出発ということになった。また、かの、天の岩屋で天照大御神をお禱招《まね》き申し上げた八尺勾玉《やさかのまがたま》、八咫鏡《やたの》、草薙剣《くさなぎの》の三種の御宝物に、トコヨノオモヒカネノ神、タヂカラヲノ神、天ノイハトワケノ神を添えて、

「この鏡は、わたしの御魂《みたま》として、わたしに仕え祭ると同様に仕え祭りなさい。またオモヒカネノ神は、この鏡のことを、よく執り持って、祭をするように」

と仰せを賜うた。

この鏡とオモヒカネノ神とは五十鈴《いすず》の宮(4)に奉祀《ほうし》され、トユウケノ神(5)は、外宮《げくう》たる度会《わたらい》に鎮座し給う神となり給うた。また、天ノイハトワケノ神は、一名クシイハマド

ノ神とも、またトヨイハマドノ神とも申すが、天孫の御所の御門の守護神になり給うた神である。タヂカラヲノ神は、伊勢の佐那県《さなのあがた》(6)に御鎮座になっており、天ノコヤネノ命は中臣連《なかとみのむらじ》(7)らの祖神、フトダマノ命は忌部首《いんべのおびと》らの祖神、天ノウズメノ命は猨女君《さるめの》らの祖神、イシコリドメノ命は鏡 作 連《かがみつくりの》らの祖神、タマノオヤノ命は玉祖連《たまおやの》らの祖神となられた神々である。

こうして、天ツヒコホノニニギノ命は、高天原の御座《みくら》をお立ちになり、空にたなびく八重雲を押し分けて、威風颯々《さつさつ》と道をひらきひらき、天の浮橋をしっかと足に踏みつつ御進発遊ばされ、筑紫の日向の高千穂久士布流岳《たかちほのくしふるだけ》に天下りになった。天ノオシヒノ命、天ツクメノ命のふたりは、堅固な靫《ゆぎ》を負い、柄頭《つかがしら》の太い太刀を佩《は》き、強弓大矢を手挟《たばさ》んで、天孫のお先払いをされた。この天ノオシヒノ命は大伴連《おおともの》(8)らの祖神、天ツクメノ命は久米直《くめのあたえ》(9)らの祖神である。

それから、空漠《くうばく》不毛の土地を、笠沙《かささ》の岬(10)へとさがし求めて行き、そこで、

「この地は、朝日もまっすぐに差してくるし、夕日も明るく照らす国である。この地は、まことに吉《よ》い地《ところ》らしい」

そう仰せられて、地の底深く太い宮柱を築《つ》き立て、空に見上げるばかり聳えて高い屋根の宮を造って、その宮にお住まい遊ばすことになったのである。

(1)天邇岐志国邇岐志天津日高日子番能邇邇芸命。(2)上世は末子相続の風があった。以下しばしばこの事実が現われている。(3)猨田毘古神。(4)伊勢皇太神宮。(5)「イザナミノ神の死」の条参照。(6)多気郡に佐那神社あり。(7)後世の藤原氏の祖神。忌部氏と並んで祭祀を職とする。(8)以後、武をもって朝廷に仕えた部族。(9)大伴と同一氏ともいう。中巻「神武天皇御東征」「伊須気余理比売命」の条参照。(10)薩摩国の地名というが確かではない。

猨田毘古神と天宇受売命

さてニニギノ命は、天ノウズメノ命に、

「道しるべをしてくれたサルタビコノ大神の御正体を明かし申したのはそなたであるから、そなたがお送り申し上げなさい。また、サルタビコというその御名もそなたが受けて、お仕え申しなさい」

この仰せによって、猨女君《さるめの》たちは、サルタビコノ男神《おがみ》の名を負うて猨女君と呼ぶのである。サルタビコノ神の名については、また次のような話が残っている。

かつてサルタビコノ神が、阿邪訶《あざか》(1)にいられた時、漁に行き、ひらぶ貝に手をくいはさまれて、海に溺《おぼ》れられた。その、海の底に溺れ沈んでいられる時の名を底潜御魂《そこどくみたま》と申し、海水のぶくぶくいう時の名をつぶたつ御魂と申し、泡《あわ》の立つ時の名を泡さく御魂と申したという。

さて天ノウズメノ命は、サルタビコノ神を送って伊勢に赴《おもむ》いた時、大小の魚類をことごとく集めて、

「おまえたちは天つ神の御孫《みこ》にお仕え申すか」

と問うと、魚どもは皆、

「お仕えいたします」

と、口をそろえてお答え申したなかに、海鼠《なまこ》だけは、口をつぐんで黙っていた。そこで天ノウズメノ命は、海鼠に向って、

「この口か、返答申さない口は」

と言って、紐附きの小刀でその口を切り裂かれた。だから、今でも海鼠の口は裂けているのである。またこのことから、御代御代に志摩《しま》の国から海産の御初物《はつもの》を奉るその魚類は、猨女君たちにお下げになることになったのである。

（1）伊勢国松坂の西にあるという。

木花之佐久夜毗売と石長比売

ある時、ニニギノ命は笠沙《かさ》の岬で、美しい一人の少女にお会いになった。

「あなたは、どういう方のお姫様ですか」

とお尋ねになると、

「オホヤマツミノ神の娘で、カムアタツヒメ、またコノハナノサクヤビメ(1)とも申す者でございます」

「ほかに御姉妹《きょうだい》(2)は？」

「イハナガヒメというお姉様が、ひとりあります」

「わたしは、あなたに結婚を申し込みたいと思いますが」

「さあ、わたくし、自分だけでは御返事できません。父のオホヤマツミノ神がお答え申し上げますでしょう」

そこで、オホヤマツミノ神に婚姻を申し込まれると、神は大喜びで、姉のイハナガヒメをも添えて、机に山ほど物を盛って差し上げられた。ところが、イハナガヒメはひどく醜い方だったので、一目でびっくりして送り返され、ただ妹のコノハナノサクヤビメだけをとどめて、一夜お婚《め》しになった。

オホヤマツミノ神は、イハナガヒメを送り返されたことを、たいそう恥かしく感じられて、

「わたくしの娘を二人そろえて差し上げましたわけは、イハナガヒメをお召しになっておいで遊ばしますれば、天つ神の御子孫の御寿命は、雪が降り風が吹こうとも、岩のごとくに堅固で、いつまでも変らず御長命遊ばしますであろう、また、コノハナノサクヤビメをお召しになっておいで遊ばせば、木の花の栄え咲くごとくにお栄え遊ばしますであろう、こう予誓《うけ》いこめて差し上げましたわけでございました。しかるに、いまイハナガヒメを返して、コノハナノサクヤビメだけをおとどめになりましたゆえ、天つ神の御子孫の御寿命は、木の花のはらはら散るように、長くはございますまい」

と申し上げられた。だから、今に至るまで、天皇の御寿命は長くはあらせられぬのである。

その後、コノハナノサクヤビメが、

「わたくしはあれから身ごもっておりましたが、今もう産む時になってまいりました。この天つ神の御子様は、わたくしひとりで勝手にお産みしては恐れ多うございます。どうかお指図《さしず》をいただきたいと存じます」

「なに、サクヤビメは、一夜で懐妊したと申すのか。いやそれは、わたしの子ではあるまい。きっと国つ神の子に相違ない」

「まあ。では、わたくしの身ごもっております御子が、もし国つ神の子でございましたら、産む時に、無事には済みますまい。もし天つ神の御子でございましたら、無事にお産み申すことができましょう」

そう言って、出入口のない広い御産屋《うぶや》を作り、その中に入って、土ですっかり塗りふさいだまま、いよいよ御出産という時に、その御産屋に火をつけてお産みになった。その火が燃えさかる中にお生れになった御子は、ホデリノ命(3)で、この命は隼人《はやと》の阿多《あたの》君の祖神に当られる。次にお生れになった御子は、ホスセリノ命(4)、次にホヲリノ命(5)、一名天ツヒタカヒコホホデミノ命(6)である。

(1)木花之佐久夜毗売。佐久夜は桜。「速須佐之男命の御子孫」の条に、大山津見神の娘として、木花知流比売の名が見える。(2)石長比売。(3)―(6)火照、火須勢理、火遠理、天津日高日子穂穂手見命。

海幸山幸

ホデリノ命はウミサチビコと申して、大小くさぐさの魚を取り、御末弟のホヲリノ命はヤマサチビコとて、猛柔とりどりの獣を取っておいでになった。ある日、ホヲリノ命が、兄命のホデリノ命にむかって、道具を取り換えてみましょうと、三度も頼んでみられたが、ホデリノ命はすぐには承知されなかった。しかし、やっとのことで交換ができて、ホヲリノ命は釣針《つりばり》をもって行って釣りをしてみられたけれども、一ぴきもかからない。その上、ついに釣針さえも海になくしておしまいなされた。すると、ホデリノ命は、その針の返却を迫って、

「山幸《やまさち》は山で、海幸《うみさち》は海で、獣と、魚と、めいめいそれぞれのものを取るのがよいのだ。さあ、もうお互いに道具を戻《もど》し合おうではないか」

「あなたの釣針は」

と、ホヲリノ命は答えに窮しながら、

「魚を釣っても、一ぴきも釣れないし、とうとう、海になくしてしまったのです」

しかし、兄命は、どうしてもそれを返せとせがまれるのであった。ホヲリノ命はしかたなく、佩《は》いておいでになる十拳剣をたたき直して、幾本、幾十本もの釣針をこしらえて償われたが、兄命はそれでは承知されない。なお幾たびか作りかえて償われても、どうしても、もとの針を返せといってきかれない。弟命は途方にくれて、泣き泣

き海辺《うみべ》の方に出て行かれた。

「なんで、泣いたりしていらっしゃるのじゃ、わけを話してごらんなされませ」

と、そこにシホツチノ神(1)がやって来て問われた。

「わたくしが、兄様の釣針を借りて、それをなくしてしまったんです。兄様は、その針をぜひとも返せとせがまれるし、困ってしまって、悲しくなって泣いていたのです」

「よしよし、ではわたしが、あなたにいい知恵を貸してあげましょう」

シホツチノ神はこう言って、目のつんだ竹籠《たけかご》の小船を造り、その船に命を乗せて海に押しやりながら、

「ずうっと、しばらくそのまま沖の方においでなさいませ。すると、よい道のところへ自然に出られます。その道に沿って進んでおいでになると、魚鱗《うろこ》めかした宮殿がございますよ。それが、海の神のワタツミノ神の宮で、その宮の門に行かっしゃると、門のかたわらに、青々と茂った大香木《かつら》が立っております。その木の上に登っていらっしゃれば、海の神の姫が見つけて、よいようにおはからい申すでございましょう」

ホヲリノ命は、その教えの通りに、すこし沖合に出てゆかれると、はたしてその言葉通りで、やがて宮殿に着いて、そこの香木の木に登っておられた。そこへ、海の神

の娘のトヨタマビメの侍女が、玉の器を持ってきて、水を汲《く》もうとすると、井戸の中に光がさしている。仰いで上をみると、美しい若い男が見下ろしているので、侍女はいぶかしがっていると、

「水をください」

と、ホヲリノ命はその侍女に請われる。侍女は、その玉の器に水を汲んで差し上げると、水は飲まないで、御首にかけていられた玉を解いて口に含んでから、ぽとりと器の中に吐き入れて返された。侍女は、それを離そうとしたが、離れないので、玉を着けたままでトヨタマビメノ命に差し上げると、トヨタマビメノ命は、

「門の外にどなたかいらっしゃるの」

と、その玉を見ながらきかれた。

「井戸の上の、あの香木の木に、見知らぬ方がいらっしゃいます。たいへんお美しい方で、お父様にもまさるような気品の高いお方でございます。その方が水をほしいとおっしゃいますので、差し上げましたところが、水はお飲みにならずに、玉をお吐き入れになりました。それが、どうしても離れないので、そのまま持って来て差し上げたのでございます」

これを聞いてトヨタマビメノ命は、あやしみながら、出てごらんになると、ホヲリ

ノ命の美しさに心をとられてしまわれた。そうして互いにお見合いになった後、姫は宮に帰り給うて、

「お父様、門に、お美しい方が来ていらっしゃいましてよ」

と、父の神に申し上げた。海の神も御自身に出てごらんになったが、

「や、これは天ツヒタカの御子の、ソラツヒタカノ命じゃ」

と、さっそく内に請《しょう》じて、海驢《みち》の皮の敷物を八重《やえ》、絹の敷物を八重敷き重ねて、お席を設け、数多《あまた》の品々をそろえてごちそう申し上げ、またその娘のトヨタマビメを娶《めあ》わせられた。こうして、三年の間その国にお住まいになった。

ところが、ホヲリノ命は、ここにおいでになった折りのいきさつを、ふと思い出して、大きな溜息《ためいき》を一つおつきになった。トヨタマビメノ命は、その御嘆息を聞きつけられ、翌朝になって、

「お父様、ホヲリノ命様は、三年の間お暮らし遊ばしましても、今まで御嘆息遊ばすようなことは一度もありませんでしたのに、ゆうべ、大きな溜息を一つなさいました。何か、わけでもおあり遊ばすのではないでしょうか」

父の大神は婿《むこ》の命にお会いになって、

「けさ、娘の話を聞きまするに、三年この方、今まで御嘆息など遊ばされることも

なかったのに、昨夜、なぜか長大息遊ばしたとのこと。もしや、何か子細でもおありではございませぬか。そもそもここにおいでなされたことは、なぜでございましたか。お聞かせ願いとう存じます」

ホヲリノ命は、兄命から、なくした釣針のことを責められた一部始終を大神にお物語りになった。すると海の神は、大小の魚どもをことごとく召し集めて、

「このなかに、ホヲリノ命様の針を持っているものがありはせぬか」

と尋ねてみられると、もろもろの魚どもが申すには、

「このごろ、赤鯛《あかだい》が、のどにとげを刺して物が通らぬと、困っておりましたから、きっと、あれが取っているのでございましょう」

そこで、赤鯛ののどを探ってごらんになると、はたして釣針があった。それをさっそく取り出して洗い清め、ホヲリノ命にお返し申されたが、その時、海の大神がお教え申されるには、

「この針を御兄命様にお渡しになる時に、このようにおっしゃりませ、「オボチ、ススチ、マヂチ、ウルチ。(2)」そして、後ろ向きにお渡しなさいませ。後には、御兄命様が高地の田をお作りになりますれば、あなたは低地の田を、また御兄命様が低地の田をお作りになれば、あなたは高地の田をと、そういうふうにお作りなされませ。そう

なされば、わたくしが水の事はつかさどっておりますゆえ、三年の間には、きっと御兄命様は貧しくおなりになるでござりましょう。もしまた、御兄命様がそれを恨んで、お責めになるようなことがありましたならば、塩盈珠《しおみつたま》を出して溺《おぼ》らせ、救いを請われましたらば、塩乾珠《しおひるたま》を出してお救いなさるというようにして、お苦しめなされるとよろしゅうございます」

と、塩盈珠と塩乾珠との二つをお贈り申され、それから鰐《わに》をことごとく呼び集めて、

「今、天ツヒタカの御子、ソラツヒタカノ命様が、上の国においで遊ばそうとしていらせられるから、だれが幾日でお送り申し上げて帰って来るか、申してみよ」

すると、鰐どもはめいめいに、自分の身長によって、幾日幾日とお答え申すそのなかで、

「わたくしは」

と一尋鰐《ひとひろわに》が、

「一日でお送りいたして帰って参ります」

「では、おまえがお送り申し上げよ。海中を通る時に、おこわがりになるようなことをしないように」

そう言って、鰐の首にお乗せ申して送り出し奉ると、鰐は言った通りに一日のうち

にお送り届け申した。ホヲリノ命は、その時、帯びていられた紐小刀を解いて、鰐の首に結びつけてお帰しになった。だから、その一尋鰐を、今でも、さひ持ちの神(3)というのである。

さて、海の神の教えた通りにして釣針を兄命にお返しになると、それからというものは、兄命はだんだん貧しくなり、さらに心も荒《すさ》んできて、弟命を苦しめようとされた。しかしその時には、塩盈珠を出して溺らせ、救いを請われると、塩乾珠を出して救い、このようにして苦しめなされたので、

「わるかった。わたくしは、今後、あなたの昼夜絶えぬ守護人《まもりびと》となってお仕えします」

と、地に額《ぬか》づいてあやまられた。だから、今に至るまで、その御子孫の隼人《はやと》が、この、溺られた時のいろいろの身振りをして奉仕しているのである。

(1)物知りの神である。(2)オボチ、心配事を生じて心のほうける釣針。ススチ、すさみ釣針。マヂチ、貧し釣針。ウルチ、おろか釣針。どれもまじないの言葉。(3)さひは刃物。

鵜葺草葺不合命

さて、海神の娘トヨタマビメノ命は、みずからホヲリノ命のもとに参られて申されるには、

「わたくしは、身ごもっておりましたが、今、産む時になってまいりました。それについては、天つ神の御子を海原などでお産み申すべきではないと存じまして、出て参った次第でございます」

そこで、急いで渚《なぎさ》に鵜《う》の羽で屋根を葺《ふ》いて、御産屋《うぶや》をお造りになった。そのまだ葺きあえないうちに、御腹の痛みが堪え難くなられたので、御産屋に入られた。さていよいよ御産という時に、夫の命にむかって、

「すべてわたくしども異郷人は、子どもを産む折りには、本国の姿で産むのでございます。それで、今わたくしも本《もと》の身で産みますから、どうか御覧にならないで下さいませ」

夫のホヲリノ命は、その言葉をいかにも不審のことにお思いになり、御産の最中に、そっと透き見してごらんになると、姫は八尋《ひろ》の鰐《わに》の形になり、のたうち廻っておられ

た。これを見るより、命はびっくりして一散に逃げ去ってしまわれた。トヨタマビメノ命は、その透き見されたことを心に恥かしく思われ、御子をそこに産み置いて、「わたくしはこれまで、海道《うなじ》を通うておそばへ往来《ゆきき》しようと心願いしておりましたけれど、本の姿を知られましたので、もうお目にかかることもできません」

お生れになった御子は、天ツヒタカヒコナギサタケウガヤフキアヘズノ命と申し上げる。(1)

が、後には、透き見をされた夫の御心を恨みつつも、恋しさに堪えかねて、その御子の御養育にことよせて御妹のタマヨリビメ(2)をお差し向けになる時、言伝《ことづて》て歌をお贈りになった。その歌は、

赤玉は　緒《を》さへ光れど
白玉の　君が装《よそひ》し
尊《たふと》くありけり

色もうるわし赤玉は　貫《ぬ》く緒までさえかがやいて
けれども真白い玉の様な
君の装いぞ慕わるる

夫の命の答えられた歌は、

奥《おき》つ鳥　鴨潜《かもど》く島に
わが率寝《ゐね》し　妹《いも》は忘れじ
世の尽《ことごと》に

鴨も並んで泳ぐ島
そこに寝た日の面影は
忘れられない　死ぬまでも

このヒコホホデミノ命は、高千穂の宮に五百八十年いらせられた。御陵は高千穂山の西方にある。

この天ツヒタカヒコナギサタケウガヤフキアヘズノ命が、御姨《おば》タマヨリビメノ命を娶してお生みになった御子は、イツセノ命、(3)イナヒノ命、ミケヌノ命、ワカミケヌノ命、(4)一名トヨミケヌノ命、また一名カムヤマトイハレビコノ命の四方である。ミケヌノ命は波がしらを踏んで常世《とこよ》の国にお渡りになり、イナヒノ命は御母のタマヨリビメノ命の国の縁で海原の方にお入りなされた。

(1)天津日高日子波限建鵜葺草葺不合命。　(2)後に見える如く、神武天皇の御母神。
(3)中巻「神武天皇御東征」の条参照。　(4)神武天皇。

中　巻

神武天皇御東征

さて、カムヤマトイハレビコノ命(1)と、御兄命のイツセノ命のお二人は、高千穂の宮にましましたが、ある時、

「天下を安らかに治めることができるには、どこに都したらよろしいでしょう。やはり東の方に向って行ったら、と思いますけれど」

とお議《はか》りになった上、日向《ひゅうが》の国を発して筑紫《つくし》の国においでになった。豊前《ぶぜん》の宇佐では、その国の人、ウサツヒコ、ウサツヒメの二人が、床柱《ゆかはしら》一本で支えた宮を造って、御接待申し上げげた。その地から移って筑前《ちくぜん》の岡田の宮に一年御滞在、次に、上って安芸《あき》の国の多祁里《たけり》の宮に七年間、さらにその国からお移りになって、吉備《きび》の高島の宮に八年間、御駐輦《ちゅうれん》になった。

日向の国からお出ましになる時に、速吸門《はやすいのと》(2)の所で、亀《かめ》の甲に乗って釣りをしながら、袖《そで》を打ち振って呼んでいる人にお会いになった。それを呼び寄せて、

「そなたはだれか」

とお尋ねになると、

「わたくしは国つ神でウヅヒコと申しまする」

「海路をよく知っているかね」

「よく存じております」

「わしの供として仕えないか」

「お言葉に従いましょう」

そこで棹《さお》をさし渡して、御船に乗り移らせ、サヲネツヒコという名を賜わった。これは大和国造《やまとのくにのみやつこ》らの祖先である。

吉備の国から上って、浪速《なみはや》の渡《わたり》(3)を経て、白肩《しらかた》の津(4)に御碇泊《ていはく》になった。このとき、トミノナガスネヒコ(5)が軍兵《ぐんびょう》を起し、皇軍を待ち受けて戦《いくさ》をしかけたので、用意の楯《たて》を取り、船から降り立って応戦された。だから、その地の名を楯津(6)というのである。今はしかし日下《くさか》の蓼津《たてつ》といっている。このトミビコとの戦いに、イツセノ命はトミビコに射られて御手に深傷《ふかで》をお受けになった。

「わたしは、日の神の御子であるのに、日の方に向いて戦ったことが、よくなかったのだ。そのために、トミビコごとき下郎の矢傷を負うたりしたのだ。これからは、迂廻《うかい》して行って、日を背に負うて戦うこととしよう」

と、策をお改めになり、南の方から廻っておいでになる時に、血沼海《ちぬの》(7)に着いて、そこで御手の傷の血をお洗いになった。だから、その海を血沼海《の》というのである。そこから更に巡って、紀の国の男水門《おのみなと》(8)までお着きになった時、

「下郎に傷を負わされて、死なねばならぬのは残念至極だ」

と喚《おめ》いて、ついにおかくれになった。だから、その水門《みなと》を男水門《の》といっている。御陵墓は紀伊の国の竈《かま》山にある。

カムヤマトイハレビコノ命は、そこから廻って、熊野《くまの》(9)の村においでになった。その際、大きな熊がふっと出てきて、またそのままふっと消え失《う》せた。すると天皇《みこと》は、急に病み疲れ給うて、軍兵も全部病み臥《ふ》してしまった。この時、熊野のタカクラジ(10)という者が、一振《ひとふり》の剣を持って、天皇の臥し倒れてい給う所に来て、その剣を献ずると、天皇はたちまち毒気からお覚《さ》めになり、

「えらい長寝をしたものだ」

と仰せになった。そして、その御剣をお受けになると、熊野の山の荒神たちはみな切

り倒され、病み臥していた軍兵もことごとく毒気から覚めたのであった。

天皇は、その不思議な剣のわけをタカクラジにお尋ねになると、タカクラジは、「夢に、こういうことを見たのでござりまする、天照大御神とタカキノ神とのお二神様が、タケミカヅチノ神様をお召しになりまして、「葦原の中つ国は非常に乱れているぞ。わが子孫《みこ》たちは邪神の毒気に触れて難儀をいたしおる様子じゃ。あの葦原の中つ国は、そなたの力で平定した国土であるから、そなたが降りて行って治めてやるがよい」そう仰せになりまするると、タケミカヅチノ神様がお答え遊ばしまするには、「わたくしが降りませずとも、あの中つ国を平定した剣がありまするゆえ、それを降ろしてやりましょう。これを降ろしまするには、タカクラジの倉の棟《むね》に穴をあけて、そこから落し入れてやりましょう」と、こうお答え遊ばしまして、「タカクラジよ、朝起きたならば、めでたいこの降ろし物をすぐ見つけて、それを、天つ神の御子孫《みこ》のところへ持って行って奉れ」とお教えになりました。それで、夢のお告げのように、朝早く倉を見にまいりまするると、まことにこの刀がありましたゆえ、そこでここに差し上げました次第でございます」

とお物語り申し上げた。この剣の名はサジフツノ神といい、一名ミカフツノ神とも、またフツノ御魂《みたま》とも申して、今、石上神宮《いそのかみ》(11)に御鎮座ましましている。

また、天皇の御夢に、タカキノ大神がおさとしになるには、

「天つ神の御子孫よ、これから奥には、荒神たちが非常に多くいるから、入って行くことはしばしお待ちなさい。今、天から八咫烏《やたがらす》をつかわすことにするから、その八咫烏が御先導申し上げよう。烏の飛んで行くあとについてお進みあるがよろしい」

このおさとしの通りに、八咫烏のあとについておいでになると、はたして事無く吉野川の川尻《かわじり》にお着き遊ばされた。すると、そこで、梁《やな》で魚を取っている一人の男がある。

「そなたは何人じゃ」

とお尋ねになると、

「わたくしは国つ神で、ニヘモツノコ(12)と申すものでございまする」

と申し上げる。これは阿陀《あだ》の鵜飼《うかい》の祖先となった者である。そこからお進みになると、尾の生《は》えた人が井戸から飛び出して来て、その井戸が光っている。

「そなたは何人じゃ」

「わたくしは国つ神で、ヰヒカ(13)と申しまする」

これは、吉野首《えしぬのおびと》らの祖先である。吉野の山にお入りになると、また、尾のある人にお会いになった。この人は岩を押し分けて出てきたのである。

「そなたは何人じゃ」

「わたくしは国つ神で、イハオシワケノコ(14)という者でござりまする。今、天つ神の御子孫がおいで遊ばすということをお聞きいたしましたので、お迎えに参りましたのでござりまする」

これは、吉野国巣《えしぬくず》(15)の祖先である。そこから山を踏み穿《うが》ち越えて、宇陀《うだ》にお出ましになった。だから、その地を宇陀の穿《うがち》(16)というのである。

この宇陀には、兄《え》ウカシ、弟《おと》ウカシの二人がいるので、まず八咫烏をつかわして、この二人に問わしめられた。

「今、天つ神の御子孫がおいで遊ばしている。そなたたちはお仕えいたすかどうじゃ」

ところが兄ウカシは、その御使の八咫烏を待ち受けて、鳴鏑矢《なりかぶらや》を射た。だから、その鳴鏑矢の落ちた地を、訶夫羅《かぶら》(17)崎というのである。それから、天皇の軍を迎え撃とうというので、軍兵を集めたけれども、よく集めることができなかったので、お仕えいたしましょうと偽って、大殿を造り、その内部に、人を圧《お》し殺す罠《わな》を仕掛けて待っていた。しかし弟ウカシの方は、まずお迎えに参って、拝んで申すには、

「わたくしの兄の兄ウカシは、あなた様の御使を射返し、また待ち受けて攻めようとして軍兵を集めましたけれど、集めることができませぬので、大殿を建ててその中

に罠を張り、お入りを待ち受けて御危害を加え奉ろうとしております。それで、わたくしがお迎えに参りまして、そのことを申し上げる次第でござります」

と申し上げた。そこで、大伴連《おおとものむらじ》らの祖先のミチノオミノ命、久米直《くめのあたえ》らの祖先のオホクメノ命の二人が、兄ウカシを召して、しかりつけてののしるには、

「貴様が建てて差し上げた大殿の中には、貴様がまず入って、どういうふうに御接待申そうとするか、やってみい」

と、剣の柄《つか》をつかみ、矛《ほこ》をしごき、弓に矢をつがえて追い込まれたので、兄ウカシは、みずから仕掛けて置いた罠にひっかかって圧《お》し殺されてしまった。そこで、その死体を引きずり出して、さんざん切り刻んで、捨てられた。だから、その地を宇陀の血原というのである。こうして、次に弟ウカシの奉った御供応を、残らず軍兵に分《わか》ち賜わり、歌よみ遊ばされた。その御歌は、

宇陀《うだ》の高城《たかき》に　鴫罠《しぎわな》張る
わが待つや　鴫は障《さや》らず
いすくはし　鯨障る
前妻《こなみ》が　魚乞《なこ》はさば

宇陀のとりでに鴫取ろうと
罠張りかけて待っていりゃ
思いがけない大鯨
これこれ皆の軍兵《ぐんびょう》ども

立枛棱《たちそば》の　実の無けくを
扱《こ》きしひゑね
後妻《うはなり》が　魚乞はさば
　柃《いちさかき》　実の多けくを
幾許《こきだ》ひゑね
ええ　しや　こしや
此《こ》は剋《いのご》ふぞ
ああ　しや　こしや
此は嘲笑《あざわら》ふぞ

そなたの前妻《こなみ》が魚くれと
乞うたらちょっぴり切ってやれ
また後妻《うわなり》がくれと言や
さかきの枝の実のように
持ちきれぬほど取ってやれ
ええ　こりゃ　あはは
こら　やっつけろ
ああ　こりゃ　あはは
こら　笑っちゃれ

この弟ウカシは、宇陀の水取《もひとり》(18)の祖先である。

そこからお出ましになって、忍坂《おさか》(19)の大岩窟《むろや》にお着きになった時に、尾の生えた土賊《つちぐも》の八十建《やそたける》(20)が、その岩窟にいて待ち構えていた。天皇は、八十建に御饗宴《きょうえん》を賜わると仰せ出され、その賊の人数にあてて、その数だけの給仕の者に部下を仕立て、おのおの刀を持たせて、

「もしわたしの歌を聞いたならば、いっせいに立って、切り殺せ」

とお含めになった。その、土賊を討つ合図にお歌い遊ばした御歌は、

忍坂《おさか》の　大室屋《むろや》に
人多《さは》に　来入り居り
人多に　入り居りとも
みつみつし　久米《くめ》の子が
頭椎《くぶつつい》　石椎《いしつつい》もち
撃ちてしやまむ
みつみつし　久米の子らが
頭椎　石椎もち
今撃たば　良《よ》らし

忍坂に名ある大室屋
土賊《つちぐも》多く来おるとも
土賊多くおるとても
若々しい久米の子が
柄《つか》の大きいその大刀《たち》で　石拵《ごしら》えのその大刀で
撃つに手間暇《てまひま》いるものか
若々しい久米の子が
柄の大きいその大刀で　石拵えのその大刀で
今撃て　今こそ良い時じゃ

こうお歌いになり、刀を抜きつれて、いっせいに土賊どもを打ち殺してしまわれた。
その後、前の仇《かたき》のトミビコをお討ちになろうとなされた時の御歌は、

みつみつし　久米の子らが

若々しい久米の子が

粟生《あはふ》には　臭韮一茎《かみらひともと》
其根《そね》が茎《もと》　其根芽《そねめ》つなぎて
撃ちてしやまむ

つくる粟畑《あわふ》の韮草《にらくさ》を　一茎抜けば根から皆
つづいてそっくり抜けてくる
つづけて撃て撃て　撃ち果たせ

また、

みつみつし　久米の子らが
垣下《かきもと》に　植ゑし薑《はじかみ》
口疼《ひび》く　われは忘れじ
撃ちてしやまむ

若々しい久米の子が
垣根に植えた生薑《はじかみ》を
かめばぴりりと口疼《うず》く　亡兄《あに》を思えば胸疼く
おのれ撃て撃て　撃ち果たせ

また、

神風《かむかぜ》の　伊勢の海の
大石《おひし》に　這《は》ひ廻《もとほ》ろふ
細螺《しただみ》の　い這ひ廻り

神の風吹く伊勢の海の
石にとりつく細螺貝《きさごがい》
とりつき這いつき　じりじりと

撃ちてしやまむ　　　　　　囲み撃て撃て　撃ち果たせ

また、兄《え》シキ・弟《おと》シキをお討ちになる時、皇軍がしばらくの間へとへとに疲れてしまった。そこでお歌いになった御歌は、

楯並《たたな》めて　伊那佐《いなさ》の山の　　　　楯を並べた伊那佐山
木《こ》の間《ま》よも　い行きまもらひ　　　　山の木の間をうかごうて
戦へば　われはや飢《ゑ》ぬ　　　　巡り守って戦えば　腹もほとほとすいてきた
島つ鳥　鵜養《うかひ》が徒《とも》　　　　鵜養の徒よ　すぐに来い
いま助《す》けに来《こ》ね　　　　食う物持って　駆けて来い

また、ニギハヤビノ命が参られて、天皇に申されるには、

「天つ神の御子孫が天下り遊ばされたとお聞きいたしましたので、おあとを追うて下って参りました」

と、自分も天つ神の子孫であるとの御瑞物《しるし》を差し出して、天皇に従われることになった。このニギハヤビノ命が、トミビコの妹のトミヤビメを娶してお生みになった御子

は、ウマシマヂノ命で、物部連《もののべの》、穂積臣《ほづみの》、婇《うねべの》臣の祖先に当られる。

このようにして、荒神たちを帰順せしめられ、服従せぬやからは討ち払い、畝火《うねび》の白檮原《かしはら》の宮に坐《いま》して天下を御統治遊ばされることとなった。

(1)神倭伊波礼毘古命、神武天皇のこと。 (2)今の豊後水道から豊予海峡にかけての一帯。 (3)摂津国西成郡から東成郡の西辺にかけての名。渡は海川いずれにも、舟の通路をいう。 (4)原文は青雲之白肩津。河内国の地名。津は船着場。 (5)後再出。ただし彼の住地トミは大和国にある。 (6)河内国河内郡日根市大字日下。 (7)和泉国和泉郡茅渟海。 (8)紀伊国に近い和泉国の海。 (9)紀伊国牟婁郡。 (10)高倉下。例によって説話的意味を人名化してある。 (11)大和国山辺郡山辺村大字布留、官幣大社。 (12)贄持子。天皇御饌の魚を奉ったのでこの名があると見るべきである。前の高倉下や次の(13)(14)などその類である。 (13)井氷鹿。井光の意。 (14)石押分子。 (15)大和国吉野郡。以下、国巣のこと時折り見える。 (16)大和国宇陀郡宇賀志村。 (17)不詳。 (18)漿水、饘粥、氷室等、食料の液水類に関する事に奉仕する。 (19)大和国磯城郡島村大字忍坂。 (20)多くの猛徒の意。

伊須気余理比売命

日向においで遊ばした時、阿多《あた》の小椅君《おばしの》の妹アヒラヒメを娶《め》してお生みになった御子は、タギシミミノ命とキスミミノ命のお二方であった。

しかし、皇后とすべき嬢子《おとめ》をお求めになった際に、オホクメノ命がおうわさ申し上げるには、

「神の御子と申している嬢子《むすめ》がおります。と申しますわけは、三島（1）のミゾクヒの娘でセヤダタラヒメという方が、美しい方でありましたので、美和《みわ》のオホモノヌシノ神（2）がお見そめになり、その嬢子が厠《かわや》に入られた時、赤塗りの矢となって、厠の下からその嬢子の陰部《ほと》をお突きになったのでございます。嬢子は、びっくりして、立ち上がって走り出られました。その折り、その矢を持ってきて、床のそばに置かれまするとたちまち美しい若者になられ、そこでお二人が一緒になってお生み遊ばしたのが、ホトタタライススギヒメノ命、またの名はヒメタタライスケヨリヒメと申します。こういうわけで、神の御子と申すのでございます」

右の御別名は、「ホト」ということをきらって、後にお改め申した名である。

ある時、七人の嬢子《おとめ》たちが、高佐士野《たかさじ》（3）を遊び歩いている、そのなかに、イスケヨリヒメも交じっていられた。オホクメノ命は、そのイスケヨリヒメを見て、歌をもって、

倭《やまと》の　高佐士野《たかさじぬ》を
七行《ななゆ》く　媛女《をとめ》ども
誰《たれ》をし纏《ま》かむ

倭の高佐士野を
おとめ七人《ななたり》並び行く
妻に召すにはどれがよい

と、天皇に申し上げた。イスケヨリヒメは、その嬢子たちの先頭に立っておられた。天皇はこの嬢子たちを御覧になって、御心の中に、イスケヨリヒメが真先に立って行くことを御承知になって、御歌で、

かつがつも
最先《いや》立てる
愛《え》をし纏《ま》かむ

まずまず
真先の
美人を得たいものじゃ

とお答えになった。

オホクメノ命は、その天皇の仰せを、イスケヨリヒメにお伝えになったが、イスケヨリヒメは、オホクメノ命の、裂けているかと思われるばかりの大きな目を御覧になって、奇異《めずらし》く思われて、

あめつつ　ちどりましとと　　これはこれは千鳥《ちどり》さま
など裂ける利目《とめ》　　なんでお目目が裂けてるの

オホクメノ命は答えて、

媛女《をとめ》に　直《ただ》に会はむと　　どこやらのお嬢様に
わが裂ける利目　　会いたい見たいの一心で

「仰せに従いますわ」
と、イスケヨリヒメはうなずかれた。

イスケヨリヒメの家は、狭井《さい》(4)川のほとりにあったが、天皇はその家に行って、一夜お泊り遊ばされた。

その川をさい川というわけは、その川のあたりに山百合《やまゆり》が多かったので、その山百合の名を取って、さい川と名づけたのである。山百合の本《もと》の名はさいといっていた。

後にイスケヨリヒメが入内《じゅだい》遊ばした時、天皇のお歌い遊ばされた御歌は、

葦原《あしはら》の　湿《しけ》こき小家《をや》に
菅畳《すがだたみ》　弥清《いやさや》敷きて
わが二人寝し

狭《さ》井《い》川べりの葦原の
湿《し》けた小家《こいえ》に菅畳　いと清らかに敷きのべて
われら交《かわ》せし新枕《にいまくら》

お生れになった御子は、ヒコヤヰノ命、カムヤヰミミノ命、カムヌナカハミミノ命お三方である。

(1)摂津国三島郡溝咋村。(2)「大物主神」の条参照。(3)大和国十市郡南浦村という。(4)大和国添上郡にある。

当芸志美美命の乱

天皇御崩御の後、異母兄のタギシミミノ命が、皇后のイスケヨリヒメにお挑《いど》みになった折り、三人の御弟命たちを殺そうとたくらんでいられるのを、イスケヨリヒメノ命はお気づかいになって、御子方にお知らせになった。

狭井川《さゐ》よ　雲立ちわたり
畝火《うねび》山　木《こ》の葉さやぎぬ
風吹かむとす

狭井川べから雲わいて
畝火の山は木がさわぐ
風の寄せ来るそのしるし

また、

畝火山　昼は雲と居《ゐ》
夕されば　風吹かむとぞ
木の葉さやげる

畝火の山も昼うちは　のどかな雲が浮いている
夕べとなれば風吹くと
ざわざわ木の葉が鳴りいだす

三人の御子たちはそれを聞いて、驚いてタギシミミノ命を殺そうとし給う時、カムヌナカハミミノ命が、兄命のカムヤヰミミノ命に、

「兄さん、あなたが入って行って、タギシミミを倒しなさい」

と勧められた。カムヤヰミミノ命は、入って行って、殺そうとされると、手足がわなないて、殺すことができなかった。弟命のカムヌナカハミミノ命は、兄命の持ってい

られる刀を借り受けて、とうとう、タギシミミノ命を殺し給うた。それで、その御名をたたえて、タケヌナカハミミノ命とも申すのである。

このようなわけで、カムヤヰミミノ命は、弟命のタケヌナカハミミノ命に、

「わたしは仇《あだ》を倒すことができなかったのに、そなたはよくやり遂げた。だから、わたしは兄ではあるけれども、皇位は、わたしの継ぐべきものではない。そなたが天皇となって、天下を治めるべきものだ。わたしはそなたを助けて、忌人《いわいびと》(1)となって神にお仕えすることにしよう」

と、皇位の継承をお譲りになった。

御長兄のヒコヤヰノ命は、茨田《まむたの》連、手島《てしまの》連の祖先であり、カムヤヰミミノ命は、意《お》富《ほの》臣、小子部《ちいさこべの》連、坂合部《さかいべの》連、火《ひの》君、大分《おおきだの》君、阿蘇《あその》君、筑紫三家《つくしのみやけの》連、雀部《さざきべの》臣、雀部《の》造、小《お》長谷《はつせの》造、都祁《つげの》直、伊予《いよの》国造、信濃《しなのの》国造、陸奥磐城《みちのくのいわきの》国造、常陸那《ひたちのな》珂《かの》国造、長狭《ながさの》国造、伊《い》勢船木《せのふなきの》直、尾張丹《おわりのに》羽《わの》臣、島田《の》臣らの祖先である。カムヌナカハミミノ命が、御即位になった。

神武天皇は御年百三十七歳で崩御遊ばされ、御陵は畝火山の北の白檮《しらかし》村の山麓《さんろく》にある(2)。

(1)神を祭る人。上代の祭政一致においての行政官である。　(2)大和国高市郡白橿村大字

洞、畝傍山東北陵と申す。

綏靖天皇

カムヌナカハミミノ命は、葛城《かつらぎ》の高岡の宮(1)に坐して、天下をお治め遊ばされた。この天皇が、磯城県主《しきのあがたぬし》の祖先に当るカハマタビメを娶してお生みになった御子は、シキツヒコタマデミノ命お一方である。天皇は御年四十五歳で崩御、御陵は衝田《つきだ》の岡にある(2)。

(1)大和国南葛城郡吐田郷村大字森脇。 (2)神武天皇御陵よりやや北にある。桃花鳥田《つきだ》丘上陵と申す。

安寧天皇

シキツヒコタマデミノ命は、片塩《かたしお》の浮穴《うきあな》の宮(1)に坐して、天下をお治め遊ばされた。この天皇が、御母カハマタビメの兄、磯城《の》県主ハエの娘のアクトヒメを娶してお生みになった御子は、トコネツヒコイロネノ命、オホヤマトヒコスキトモノ命(2)、シキツヒコノ命である。

この天皇の御子方合わせてお三方のうち、オホヤマトヒコスキトモノ命が御即位になった。シキツヒコノ命は御子お二方おわすなかで、お一方の御子孫は、伊賀須知稲《いがのすちのいな》置《ぎ》、那婆理《なばりの》稲置、三野《みぬの》稲置となり、他のお一方の御子ワチツミノ命は、淡路《あわじ》の御井の宮においで遊ばした。このワチツミノ命には、御娘がお二方おられ、姉君をハヘイロネ、一名オホヤマトクニアレヒメノ命、妹君をハヘイロドと申す。

天皇は御年四十九歳で崩御、御陵は畝火山の谷間にある。(3)

(1)大和国北葛城郡浮孔村、河内国大県郡の旧名片塩、いずれか。(2)懿徳天皇。(3)畝傍山西南御陰《みほと》井上陵と申す。

懿徳天皇

オホヤマトヒコスキトモノ命は、軽の境岡の宮(1)に坐して、天下をお治め遊ばされた。この天皇が、磯城《の》県主の祖先に当るフトマワカヒメノ命、一名イヒビヒメノ命を娶してお生みになった御子は、ミマツヒコカヱシネノ命、(2)タギシヒコノ命のお二方である。ミマツヒコカヱシネノ命が御即位遊ばされた。タギシヒコノ命は、血沼別《ちぬのわけ》、但馬《たじまの》竹別《の》、葦井《あしいの》稲置の祖先である。

天皇は御年四十五歳で崩御、御陵は畝火山の真名子《まなご》谷の上にある。(3)

(1)大和国高市郡白橿村大字大軽。 (2)孝昭天皇。 (3)畝傍山南繊沙谿《まなごだに》上陵と申す。

孝昭天皇

ミマツヒコカヱシネノ命は、葛城《かつらぎ》の掖《わき》の上《かみ》の宮(1)に坐して、天下をお治め遊ばされた。この天皇が、尾張連《の》の祖先のオキツヨソの妹ヨソタホビメノ命を娶してお生みになった御子は、アメオシタラシヒコノ命、オホヤマトタラシヒコクニオシビトノ命(2)のお二方である。弟命のタラシヒコクニオシビトノ命が御即位になった。兄命のアメオシタラシヒコノ命は、春日臣《かすがの》、大宅臣《おおやの》、粟田臣《あわたの》、小野臣《おのの》、柿本臣《かきもとの》、壱比韋臣《いひいの》、大坂臣《おおさかの》、阿那臣《あなの》、多紀臣《たきの》、羽栗臣《はぐりの》、知多臣《ちたの》、牟邪臣《むざの》、都怒山臣《つぬやまの》、伊勢飯高君《いせのいいたかの》、近江国造《おうみの》の祖先である。

天皇は御年九十三歳で崩御、御陵は掖の上の博多《はかた》山の上にある。(3)

(1)大和国南葛城郡秋津村。 (2)孝安天皇。 (3)大和国南葛城郡三室村字博多山、掖上博多山上陵と申す。

孝安天皇

オホヤマトタラシヒコクニオシビトノ命は、葛城の室《むろ》の秋津島の宮(1)に坐して、天下をお治め遊ばされた。

この天皇が、御姪《めい》のオシカヒメノ命を娶してお生みになった御子は、オホキビノモロスミノ命、オホヤマトネコヒコフトニノ命(2)のお二方である。オホヤマトネコヒコフトニノ命が御即位になった。

天皇は御年百二十三歳で崩御、御陵は玉手の岡の上にある(3)。

(1)大和国南葛城郡秋津村大字室。(2)孝霊天皇。(3)大和国南葛城郡掖上村大字玉手、玉手丘上陵と申す。

孝霊天皇

オホヤマトネコヒコフトニノ命は、黒田の廬戸《いおど》の宮(1)に坐して、天下をお治め遊ばされた。

この天皇が、十市県主《とおちの》の祖先のオホメの娘クハシヒメノ命を娶してお生みになった御子は、オホヤマトネコヒコクニクルノ(2)命のお一方。また、カスガノチチハヤマワカヒメを娶して、チチハヤヒメノ命お一方を、また、オホヤマトクニアレヒメノ命を娶して、ヤマトトモモソビメノ命、ヒコサシカタワケノ命、ヒコイサセリビコノ命、一名オホキビツヒコノ(3)命、ヤマトトビハヤワカヤヒメの四方を、また、アレヒメノ命の妹君ハヘイロドを娶して、ヒコサメマノ命、ワカヒコタケキビツヒコノ(4)命のお二方をお生みになった。この天皇の御子は合わせて八方である。男王五方、女王三方。

そのなかで、オホヤマトネコヒコクニクルノ命が御即位になった。オホキビツヒコノ命とワカタケキビツヒコノ命とは、御兄弟相伴って、播磨《はりま》の国の氷川《ひの》の崎(5)に忌瓮《いわいべ》(6)を据《す》えて、播磨口より入って吉備《きび》の国を御平定になった。このオホキビツヒコノ命は、吉備上道臣《のかむつみちの》の祖先、ワカヒコタケキビツヒコノ命は、吉備下道臣《のしもつみちの》、笠臣《かさの》の祖先、ヒコサメマノ命は、播磨牛鹿臣《のうしかの》の祖先、ヒコサシカタワケノ命は、高志利波臣《こしのとなみの》、豊《とよ》国国前臣《くにのくにさきの》、五百原君《いおはらの》、角鹿海直《つぬがのあまのあたて》の祖先である。

この天皇は御年百六歳で崩御、御陵は片岡の馬坂の上にある。(7)

(1)大和国磯城郡都村大字黒田。　(2)孝元天皇。　(3)(4)下文の吉備征討使。　(5)不詳。　(6)斎《いわ》い清めた土器で、祭器である。祈りこめて地中に埋めるのである。　(7)大和国北葛城郡王寺村王寺、片丘馬坂陵と申す。

孝元天皇

オホヤマトネコヒコクニクルノ命は、軽の堺原《さかいばら》の宮(1)に坐して、天下をお治め遊ばされた。

この天皇は、穂積《ほづみの》臣らの祖先のウツシコヲノ命の妹ウツシコメノ命を娶して、オホビコノ命、(2)スクナヒコタケヰゴコロノ命、ワカヤマトネコヒコオホビビノ命(3)お三方を、また、ウツシコヲノ命の娘イカガシコメノ命を娶して、ヒコフツオシノマコトノ命お一方を、また、河内のアヲタマの娘ハニヤスビメを娶して、タケハニヤスビコノ命(4)お一方をお生みになった。この天皇の御子は合わせて五方である。

ワカヤマトネコヒコオホビビノ命が御即位になった。兄命オホビコノ命の御子タケヌナカハワケノ命(5)は阿倍《あべの》臣らの祖先。次にヒコイナコジワケノ命は膳《かしわでの》臣の祖先である。ヒコフツオシノマコトノ命が、尾張《の》連らの祖先のオホナビの妹カヅラキノタカチナビメを娶して、ウマシウチノ宿禰《すくね》を(これは山城《の》内《の》臣の祖先)、また紀伊《の》国造ウヅヒコの妹ヤマシタカゲヒメを娶して、タケウチノ宿禰(6)をお生みになった。

このタケウチノ宿禰の子は、合わせて九人で、男七人、女二人。そのなかで、ハタノヤシロノ宿禰は、波多《はたの》臣、林《の》臣、波美《はみの》臣、星川《の》臣、淡海《おうみの》臣、長谷部《はつせべの》君の祖先。コセノヲカラノ宿禰は、巨勢《こせの》臣、雀部《さざきべの》臣、軽部《かるべの》臣の祖先。ソガノイシカハノ宿禰は、蘇我《そがの》臣、川辺《かわべの》臣、田中《の》臣、高向《たかむこの》臣、小治田《おはりだの》臣、桜井《の》臣、岸田《の》臣らの祖先。ヘグリノツクノ宿禰は、平群《へぐりの》臣、佐和良《さわらの》臣、馬御樴《うまみくいの》連らの祖先。キノツヌノ宿禰は、木《の》臣、都奴《つぬの》臣、坂本《の》臣の祖先。次に、クメノマイトヒメ、ヌノイロヒメ。次に、葛城の長江のソツビコは、玉手《の》臣、的《いくはの》臣、生江《いくえの》臣、阿芸那《あぎなの》臣らの祖先、ワクゴノ宿禰は、江野財《えぬまの》臣の祖先である。

この天皇は御年五十七歳で崩御、御陵は剣池の中岡の上にある。(7)

(1)「懿徳天皇」の条の注1参照。　(2)「三道征討使」の条参照。　(3)開化天皇。
(4)(5)「三道征討使」の条参照。　(6)建内宿禰。　(7)大和国高市郡白樫村大字石川、剣池島上陵と申す。

開化天皇

ワカヤマトネコヒコオホビビノ命は、春日の伊邪河《いざがわ》の宮(1)に坐して、天下をお治め遊ばされた。

この天皇は、丹波《たにわの》大県主のユゴリの娘タカヌヒメを娶して、ヒコユムスミノ命お一方を、また、御継母のイカガシコメノ命を娶して、ミマキイリヒコイニヱノ命(2)、ミマツヒメのお二方を、また、丸《わ》邇臣《にの》の祖先のヒコクニオケツノ命の妹君オケツヒメノ命を娶して、ヒコイマスノ王《みこ》(3)お一方を、また、葛城のタルミノ宿禰の娘ワシヒメを娶して、タケトヨハヅラワケノ王お一方をお生みになった。この天皇の御子は合わせて五方、男王四方、女王一方である。

ミマキイリヒコイニヱノ命が御即位になった。その兄命のヒコユムスミノ王の御子は、オホツツキタリネノ王、サヌキタリネノ王のお二方で、この二王の御娘は五方あった。

次に、ヒコイマスノ王は、山城のエナツヒメ、一名カリハタトベを娶して、オホマタノ王、ヲマタノ王、シブミノ宿禰のお三方を、また、春日のタケクニカツトメの娘のサホノオホクラミトメを娶して、サホビコノ王(4)、ヲザホノ王、サホビメノ命(5)、一名サハヂヒメ(このサホビメノ命は垂仁天皇の皇后となられた)、ムロビコノ王の四方を、また、近江の御上《みかみ》の祝《はふり》が祭る天ノミカゲノ神の娘のオキナガノミヅヨリヒメを娶して、丹波のヒコタタスミチノウシノ王、ミヅノホノマワカノ王、カムオホネノ王、一名ヤツリイリヒコノ王、ミヅホノイホヨリヒメ、ミキツヒメの五方を、また、その御母の妹君のヲケツヒメノ命を娶して、山城のオホツツキマワカノ王、ヒコオスノ王、イリネノ王のお三方をお生みになった。このヒコイマスノ王の御子は合わせて十五王あった。

そのなかで、兄王のオホマタノ王の御子は、アケタツノ王、(6) ウナカミノ王のお二方。アケタツノ王は、伊勢品遅《のほむじ》部《べの》君、伊勢佐那《のさなの》造の祖先、ウナカミノ王は比売陀《ひめだの》君の祖先、ヲマタノ王は当麻勾《たぎまのまがりの》君の祖先、シブミノ宿禰王《すくねのみこ》は佐佐《の》君の祖先、サホビコノ王は、日下部《くさかべの》連、甲斐《かいの》国造の祖先、ヲザホノ王は、葛野別《かずののわけ》、近江蚊野《のかのの》別の祖先、ムロビコノ王は若狭《わかさの》耳《の》別の祖先である。

ミチノウシノ王が、丹波の河上のマスノ郎女《いらつめ》を娶してお生みになった御子は、ヒバスヒメノ命、マドヌヒメノ命、(7) オトヒメノ命、ミカドワケノ王の四方である。

このミカドワケノ王は三河《の》穂《の》別の祖先、ミチノウシノ王の弟君ミヅホノマワカノ王は近江安直《のやすのあたえ》の祖先、カムオホネノ王は、美濃《の》国造、本巣《もとすの》国造、長幡部《ながはたべの》連の祖先である。

山城のオホツツキマワカノ王は、同母弟のイリネノ王の娘の丹波のアヂサハビメを娶してカニメイカヅチノ王を、この王が丹波の遠津《とおつ》臣の娘タカキヒメを娶してオキナガノ宿禰《の》王を、この王が葛城のタカヌカヒメを娶して、オキナガタラシヒメノ命、(8)ソラツヒメノ命、オキナガヒコノ王のお三方をお生みになって、オキナガヒコノ王は、吉備品遅君《のほむじの》、播磨阿宗君《のあその》の祖先である。また、オキナガノ宿禰《の》王は、カハマタノイナヨリビメを娶してオホタムサカノ王をお生みになった。この王は但馬国造《たじまの》の祖先である。また、上に述べたタケトヨハヅラワケノ王は、道守臣《ちもりの》、忍海部造《おしぬみべの》、御名部造《みなべの》、因《いな》幡忍海部《ばのおしぬみべ》、丹波竹野別《たにわのたかぬのわけ》、依網阿毘古《よさみのあびこ》らの祖先である。

この天皇は御年六十三歳で崩御、御陵は伊邪《いざ》川の坂の上にある。(9)

(1)奈良市率川附近。(2)崇神天皇。(3)「三道征討使」の条参照。(4)(5)「沙本毗古の乱」の条参照。(6)「本牟智和気命」の条参照。(7)「円野比売」の条参照。(8)神功皇后。(9)奈良市油坂町字山ノ寺、春日率川《いざがわ》坂上陵と申す。

崇神天皇

ミマキイリヒコイニヱノ命は、磯城《しき》の水垣の宮(1)に坐して、天下をお治め遊ばされた。

この天皇は、紀伊国造《の》のアラカハトベの娘トホツアユメマクハシヒメを娶して、トヨキイリヒコノ命、トヨスキイリヒメノ命のお二方を、また、尾張連《の》の祖先のオホアマヒメを娶して、オホイリキノ命、ヤサカノイリヒコノ命、ヌナキノイリヒメノ命、トヲチノイリヒメノ命の四方を、また、オホビコノ命の娘のミマツヒメノ命を娶して、イクメイリヒコイサチノ命、(2)イザノマワカノ命、クニカタヒメノ命、チチツクワヒメノ命、イガヒメノ命、ヤマトヒコノ命の六方をお生みになった。この天皇の御子は、合わせて十二方で、男王七方、女王五方である。(3)

そのなかで、イクメイリヒコイサチノ命が御即位になった。トヨキイリヒコノ命は、上野《かみつけの》君、下野《しもつけの》君らの祖先である。妹《いも》トヨスキヒメノ命は伊勢の大神の宮に御奉仕になった。オホイリキノ命は能登《のとの》臣の祖先である。ヤマトヒコノ命は、この王の奉葬の時から、はじめて御陵墓の周囲に生き人を埋める殉死が行われた。

(1)大和国磯城郡三輪村大字金屋。　(2)垂仁天皇。　(3)実際は男王六方、女王六方。

大物主神

この天皇の御代に、疫病が流行して、人民は死に尽きるかと思われた。天皇は宸襟《しんきん》(1)を悩ませ給うて、神意を伺うために祭壇に坐《ま》しましたその夜、オホモノヌシノ大神が、御夢に現われてお告げになるには、

「疫病の流行するのは、わたしの心によるのじゃ。それゆえ、オホタタネコを神主として、わたしを祭らせたならば、神の祟《たた》りも起ることなく、国土も平安《やす》らぐであろうぞ」

これによって、さっそく使を四方に飛ばして、オホタタネコという人を求められたところ、河内《かわち》の国の三野《みの》の村でその人をさがし出して、お連れ申した。

「そなたはだれの子じゃ」

と、天皇がお問いになった。

「オホモノヌシノ大神が、スヱツミミノ命の娘のイクタマヨリビメを娶してお生み遊ばされた、クシミカタノ命の御子のイヒカタスミノ命、その御子のタケミカヅチノ命の子が、このわたくし、オホタタネコでござりまする」

と申し上げた。天皇は非常に喜び給うて、

「天下は平安《やす》らぎ、人民は栄えるぞ」

と仰せられて、さっそくこのオホタタネコノ命を神主とし、御諸《みもろ》山にオホミワノ大神(2)をお祭りになった。また、イカガシコヲノ命に仰せつけて、祭祀《さいし》の平土器を数多《あまた》作り、天つ神、国つ神の社を祭り鎮《しず》め給うた。また、宇陀《うだ》の墨坂の神(3)には赤色の楯《たて》と矛《ほこ》とを献じて祭り、大坂(4)の神には黒色の楯と矛とを献じて祭り、また、坂の麓《ふもと》の神から川の瀬の神に至るまで、全部漏れなく幣帛《へいはく》を御奉献になった。これによって神の祟りは全くやみ、天下は平安に帰した。

このオホタタネコという人を、神の御子というわけは、前に言ったイクタマヨリビメが、容姿めでたい方であった。すると、現世《このよ》の人とは思われぬような、姿ふるまいの世にもたぐいない立派な若者が、夜中にふっとやってきて、それから愛し合うようになり、許し合ってもいるうちに、長くもたたぬに懐胎した。父母は娘の妊娠《みごもり》を不審に思い、

「そなたは、ひとりでに身ごもったようであるが、夫もないのに、どうしてこんなことになったのか」

と、娘に問うた。

「美しい男の方が――何という方か知りませんけれど、毎晩いらっしゃって、一緒に夜を過ごしていますうちに、いつのまにか、ひとりでに身ごもったのでございます」

両親は、その男を知りたいと思って、

「今夜、赤土を床の上に散らし、それから、輪巻きにした麻糸を針に通して、その針を、その方のお召物の裾《すそ》に刺しておいてごらん」

と教えた。そこで、その教えのようにして、翌朝見てみると、針のつけてあった麻糸

は、戸の鉤穴《かぎあな》から通って出て、あとには三輪だけ残っていた。さては鉤穴から出たな、と、その糸について尋ねて行くと、三輪山に至って神の社で留まっている。そこで、その神の御子であるということが知れたわけである。麻が三輪残っていたから、そこを三輪と名づけるようになった。この、オホタタネコノ命は、神君《みわの》、鴨君《かもの》の祖先に当る。

(1)「伊須気余理比売命」の条参照。(2)大物主大神の別名。(3)大和国宇陀郡萩原村、墨坂神社。(4)大和国北葛城郡下田村の西の穴虫か。

三道征討使(1)

また、この御代にオホビコノ命を越路《こしじ》に、その御子のタケヌナカハワケノ命を東海方面につかわして、服しない者どもを平定せしめられ、また、ヒコイマスノ王を丹波の国につかわして、クガミミノミカサを討伐せしめられた。

オホビコノ命は、越の国にお下りになる途中、山城の幣羅《へら》坂(2)にかかられると、腰裳《こしも》を着けた少女が立っていて歌うには、

此《こ》はや　御真木《みまき》入日子《いりひこ》はや
御真木入日子はや
己《おの》が緒《を》を　盗み殺《し》せむと
後《しり》つ戸よ　い行き違《たが》ひ
前《まへ》つ戸よ　い行き違ひ
窺《うかが》はく　知らにと
御真木入日子はや

御真木入日子天皇は
御真木入日子天皇は
自分の命《いのち》を盗もうと
裏の門からこっそりと
表の門からこっそりと
ねらっているのも知らないで
あぶない時とも知らないで

オホビコノ命は怪しんで、馬を返し、その少女に、

「そなたの言った言葉の意味はどういうわけじゃ」

「わたくしは、何も申しはしません。ただ歌を詠《うた》っただけでございます」

お答えしたかと思うと、どこに行ったのか、たちまち消え失せてしまった。

オホビコノ命は、都にとって返して、天皇にその由を奏上されると、天皇は、

「たぶん、山城の国にいるあなたの庶兄《あに》のタケハニヤスノ王が、よからぬ心を起したしるしにちがいない。伯父《おじ》上、あなたが行ってお討ち下さい」

と仰せられて、丸《わ》邇《にの》臣の祖先に当るヒコクニブクノ命を副《そ》えておつかわしになった。

オホビコノ命は、丸邇坂(3)に忌瓮《いわいべ》を据《す》え、戦勝を祈り込めて御下向になった。

山城の和訶羅《わから》川(4)にお着きになった時、タケハニヤスノ王が、兵を挙《あ》げて待ち遮《さえぎ》り、両軍は川をはさんで対陣し、挑《いど》み合い戦い合われた。だから、その地の名を伊杼美《いどみ》というのである。しかし今は伊豆美《いづみ》(5)といっている。

ヒコクニブクノ命は、敵に向って、

「そちらから、まず、忌矢《いわいや》(6)を放て」

と言われたので、タケハニヤスノ王が射られたが当らず、次にクニブクノ命が引いて放てば、タケハニヤスノ王に命中して、射殺《いころ》してしまわれた。ここに叛軍《はんぐん》全敗して逃亡するのを追い詰めて、久須婆《くすば》(7)の渡《わたり》に行った時、追い詰められて窮した叛軍は、屎《くそ》がひり出て褌《ふんどし》についた。だから、その地を屎褌《くそばかま》というのである。今は久須婆といっている。また、逃げる兵を遮って切ると、鵜《う》のように、ぼかぼかと川に浮いた。だから、その川を鵜川というのである。また、その軍兵を切り屠《はふ》ったので、その地を波布里曽《はふりそ》能《の》(8)という。こうして平らげ終えて、その由を御復命になった。

かくてオホビコノ命は、先の御命令通り、越の国に下り給うたのである。東海道方面からお進みになったタケヌナカハワケノ命は、父命のオホビコノ命と、会津《あいづ》(9)で行き会い給うた。だから、その地を会津というのである。やがておのおの御命令通りに国々を平らげて、御復命になった。

これによって天下は平安に、人民は富み栄え、ここで初めて、男には弓で取った獲物を、女には手業《てわざ》で得た布帛《ぬの》を、税として献ぜしめることになった。このような次第で、この天皇を讃《たた》えて、「初国《はつくにし》治らしし御真木天皇《みまきのすめらみこと》」と申すのである。

またこの御代に、依網《よさみ》の池(10)、軽《かる》の酒折《さかおり》の池(11)をお作りになった。

この天皇は御年百六十八歳で戊寅《つちのえとら》の年の十二月に崩御、御陵は山辺《やまのべ》の道の勾《まがりの》岡の上にある。(12)

(1)吉備方面の平定は日本書紀ではこの御代の事とするが、古事記では孝霊天皇の御代の事となっている。(2)山城国相楽郡木津村大字市坂という。(3)大和国添上郡櫟本村大字和爾にある。(4)木津川。(5)山城国相楽郡内、木津・加茂・瓶原等に当る。(6)開戦に当って交す矢で、神を祈って射る。(7)河内国北河内郡樟葉村。(8)山城国相楽郡祝園村。(9)岩城国会津。(10)摂津国東成郡依羅村。(11)「懿徳天皇」の条の注1参照。(12)大和国磯城郡柳本村大字柳本、山辺道上陵と申す。

垂仁天皇

イクメイリヒコイサチノ命は、磯城《しき》の玉垣の宮(1)に坐して、天下をお治め遊ばされた。

この天皇は、サホビコノ命の妹君サハヂヒメノ命を娶してホムツワケノ命(2)お一方を、また丹波のヒコタタスミチノウシノ王の御娘ヒバスヒメノ命を娶して、イニシキノイリヒコノ命、オホタラシヒコオシロワケノ命(3)、オホナカツヒコノ命、ヤマトヒメノ命(4)、ワカキイリヒコノ命の五方をお生みになり、また、そのヒバスヒメノ命の妹君ヌバタノイリビメノ命を娶して、ヌタラシワケノ命、イガタラシヒコノ命のお二方を、また、そのヌバタノイリビメノ命の妹君アザミノイリビメノ命を娶して、イコバヤワケノ命、アザミツヒメノ命のお二方を、また、オホツツキタリネノ王の御娘カグヤヒメノ命を娶してヲザベノ王お一方を、また、山城のオホクニノフチの娘カリハタトベを娶して、オチワケノ王、イカタラシヒコノ王、イトシワケノ王のお三方を、また、そのオホクニノフチの娘オトカリハタトベを娶して、イハツクワケノ王、イハツクビメノ命、またの名フタヂノイリビメノ命(5)のお二方をお生みになった。すべてこの天皇の御子は十六方で、男王十三方、女王三方である。

そのなかで、オホタラシヒコオシロワケノ命が御即位になった。この命は御身長一丈二寸、御脛《はぎ》の長さ四尺一寸あらせられた。

イニシキノイリヒコノ命は、血沼《ちぬ》の池、(6)狭山《さやま》の池、(7)日下《くさか》の高津の池(8)をお作りになり、また鳥《と》取《とり》の河上の宮(9)に坐して、大刀一千振を作らせ、これを石上《いそのかみ》神宮に奉納せられた。こうしてその宮にいて、河上部《べ》をお立てになった。

オホナカツヒコノ命は、山辺別《やまのべのわけ》、三枝《さきくさの》別、稲木《いなきの》別、阿太《あたの》別、尾張の国の三野《みのの》別、吉備の石无《いわなしの》別、許呂母《ころもの》別、高巣鹿《たかすがの》別、飛鳥《あすかの》君、牟礼《むれの》別らの祖先である。ヤマトヒメノ命は伊勢大神宮に御奉仕になった。イコバヤワケノ命は沙本穴太部《さほのあなほべの》別の祖先である。アザミツヒメノ命はイナセビコノ王に嫁《とつ》ぎ、オチワケノ王は、小月山《おつきのやまの》君、三河《の》衣《の》君の祖先。イカタラシヒコノ王は、春日《かすがの》山《の》君、高志《こしの》池《の》君、春日部《かすかべの》君の祖先。イトシワケノ王は御子がおわさなかったので、御子代《みこしろ》(10)として伊登志部《いとしべ》をお立てになった。イハツクワケノ王は、羽咋《はぐいの》君、三尾《みおの》君の祖先である。フタヂノイリビメノ命はヤマトタケルノ命の御妃とおなりになった。

(1)大和国磯城郡纏向村大字穴師。(2)次条以下参照。(3)景行天皇。(4)後文及び「倭建命」の条参照。(5)倭建命妃。(6)和泉国泉南郡佐野村。(7)河内国南河内郡狭山村。(8)和泉国泉北郡高石村。(9)和泉国泉南郡東鳥取村。(10)天皇あるいは皇

族に御子があらせられぬ時に、その御名を後世にのこすために、御名を土地または部民に負わせて一部落を作られるのである。御名代ともいう。

沙本毗古の乱

サホビメが皇后としてましました時、兄命のサホビコノ王が、皇后に、

「そなたは、夫と兄とくらべたら、どちらを愛しているかね」

と問われた。妹君は、

「それは兄上の方を、お慕いしております」

とお答えになるより仕方がなかった。

「ほんとうにそなたが、わたしを愛しているなら、わたしとそなたとで天下を治めることにしよう」

サホビコノ王はそう言って、鋭利に鍛えた紐《ひも》つきの短刀を作って、妹君に渡し、

「この短刀で、陛下の御寝《おやす》みのところを、お刺し申しなさい」

と言い含められた。

天皇は、そんな謀《はかりごと》があるともお知り遊ばさず、皇后の御膝《ひざ》を枕《まくら》にして、御寝み遊

ばしていると、皇后は、短刀で天皇の御首を刺そうとして、三度振り上げ給うたけれども、ついに悲しみに堪《た》えなくなってお刺しすることができず、御涙が、天皇の御顔にあふれ落ちた。天皇はびっくりしてお目ざめになり、

「あゝ不思議な夢だった」

と、いかにも不審げにお物語りになるのであった。

「沙本《さほ》の方から激しい雨が降って来てね、にわかにわたしの顔をぬらしたのだ。また、錦紋《にしきもん》のある小蛇《こへび》が、わたしの首に巻きついてきた。こんな夢は、いったい何の兆《しるし》だろうねえ」

皇后は、隠しきれないと思って、御兄王の陰謀を打ち明けておしまいになった。

「兄のサホビコノ王が、わたくしに、夫と兄と、どちらをお慕い申しているかと尋ねたのでございます。わたくしは、こうきかれては、面と向って強く拒むこともならず、兄の方を思っていると答えましたら、兄がわたくしに申しますには、「わたしとそなたとで天下を取ろう。陛下をお殺し申せ」と、こう申しまして、この短刀を作ってわたくしに与えたのでございます。わたくしは、それで、陛下の御首を刺し奉ろうとして、三度までも振り上げましたけれど、悲しさがこみ上げてきて、泣けてしまって、お刺しすることができません。そして、涙が落ちて、御顔をおぬらし申したので

ございます。お夢は、きっとこれでございましょう」

「ふむ、わたしは、危《あや》うくだまされるところだった」

と、天皇は直ちに軍兵《ぐんぴょう》を催して、サホビコノ王を討ちにおつかわしになり、サホビコノ王は稲を積んで寨《とりで》を作り、その中で防戦された。サホビメノ命は兄王のことを思うと、じっとしていることができず、とうとう裏御門から逃げ出して、稲の寨にお入りになった。

この時、ちょうど皇后は御懐妊になっていた。天皇は皇后を愛してい給うて、御成婚から三年もたっているその上、御妊娠《みごもり》のことを、たいへんにいとしく思《おぼ》し召《め》され、攻撃もわざとぐずぐずと、手をゆるめて急がずにい給うた。そうしてひまどっている間に、皇子《みこ》が御誕生になったのである。

皇后は、その皇子を寨の外に出し奉り、

「もしこの御子を、陛下の御子と思し召されますならば、お育て申して下さいまし」

と申し上げさせられた。天皇は、その兄の王こそお恨みになっていたが、皇后の方は思い切れないで、どうかして皇后を奪い取ろうという御心があった。それで、兵士のなかでも力の強い敏捷《びんしょう》な者を選び集めて、

「皇子を受け取る時に、母王《ははみこ》をも奪い取って、お連れして来い。御髪でも、御手で

もいい、つかまえられる所をつかんで、お引き出し申すのだ」

皇后は、天皇のその思召しを前もって御推量になり、すっかり御髪を剃《そ》って、その御髪で頭を被《おお》い、また手飾りの玉の紐を腐らせて御手に三重に巻き、また酒で御衣服を腐らせて、それをあたりまえの衣服のようにお装いになっていた。こうして用意を整え、皇子を抱いて寨の外にお出ましになったのである。

兵士たちは、皇子をお受け取りすると同時に、御母后をおつかまえ申そうと、その御髪をつかむと、御髪はばさばさと落ち、御手の玉紐をとらえると、これもばらばらに切れ、御衣をとると、御衣もすぐばりばりと破れてしまった。そこで、皇子の方はお受け取りしたけれども、御母后の方はお連れ申すことができなかった。

兵士たちは帰って、

「御髪も落ちてしまい、御衣もすぐ破れ、御手に巻いていられまする玉紐も、ばらばら切れてしまいましたので、御母后様はお連れ申すことができませず、皇子様だけをお受け取りしてまいりました」

と御報告申し上げた。天皇は御落胆遊ばして、皇后の御手飾りの玉を作った玉作《たまつくり》どもを憎んで、皆その所有地をお召し上げになった。だから、諺《ことわざ》に、思い設けぬ災禍を「地所《ところ》得ぬ玉作」というのである。

天皇は、皇后に、

「すべて子の名は、必ず母がつけるのであるが、この皇子の名は、何とつけたらよかろうか」

と、尋ねにおやりになった。

「今、稲の塞を焼く折りに、火の中でお生れ遊ばしましたから、ホムチワケノ皇子(1)とおつけしたらよろしゅうございましょう」

「養育の方法は?」

「乳母《うば》をおつけ申し、御浴湯《ゆあみ》のお世話をいたす者を召して、お育て申せばよろしゅうございましょう」

天皇は、皇后のその仰せの通りにして御養育なさることにされた。

「そなたの結び固めた美しい下紐は、だれが解く(2)ことにしようね」

「それは、丹波のヒコタタスミチノウシノ王の御娘の、兄《え》ヒメ、弟《おと》ヒメの二人の女王《ひめみこ》が、血統《ちすじ》も浄《きよ》い方でございますから、お召し遊ばしませ」

それからいよいよ、サホビコノ王をお滅ぼしになったが、皇后もともに果てさせられた。

(1)本牟智和気。火中《ほぬち》をもじったものか。　(2)男女互いに下紐を結びかわして、再会まで解かないのである。

本牟智和気命

その後、その皇子にお附きして、お遊ばせ申すには、尾張の相津にある二股杉《ふたまたすぎ》を、その二股のままに小船に作り、それを都に運び上らせて、大和の市師《いちし》(1)の池や軽の池に浮べて、お乗せ申したりした。が、この皇子は、どうしたのか、御成長になって御鬚《ひげ》が胸のあたりまで長く延びるようになられても、お言葉が出ないのである。

ところが、ある時、空を高く翔《かけ》り行く鶴《つる》の声をお聞きになって、はじめて片言《かたこと》をお言いになった。そこで天皇は、山辺《やまのべ》のオホタカというものをつかわして、その鶴を追い求めさせられた。その人は鶴をさがしに、紀伊の国から播磨の国に行き、また追うて因幡の国に越え、やがて丹波の国、但馬の国に至り、東の方に追い巡って近江の国に来、美濃の国に越え、尾張の国から伝うて信濃の国に追い、ついに越の国に追い入ったところ、和那美《わなみ》(2)の水門《みなと》で罠《わな》を張って、やっとその鳥を捕えることができて、都に持ち帰って献上した。だから、その水門を、和那美の水門というのである。再びその鳥を御覧になった皇子は、言葉を出そうとなされたが、まだ思い通りには口をお利《き》きになることができなかった。

天皇は御心痛ながらに御寝《おやす》みになっていると、夢の中に神のお告げがあって、

「わたしの宮を、天皇の宮居のようにお造りになれば、皇子は必ず口をお利きになろう」

それは、何神の御心かと、占いをして伺いを立てられたところ、それは出雲の大神であった。

そこで皇子を、その大神の宮御参拝におつかわしになる時に、だれを副《そ》えてやったらよいものかと更にそれをお占いになると、アケタツノ王が占いに当られた。それでアケタツノ王に命じて予誓《うけ》い言わしめ給うには、

「この大神を拝するによって、まことに験《しるし》あるものならば、この鷺巣《さぎす》の池の木に住む鷺よ、落ちよ」

言い終られると共に、その鷺がばさりと地に落ちて死んだ。

「生きよ」

と言われると、それが再び生き返った。また、甜白檮《あまかし》の崎(3)にある、葉の黒々と茂った白檮を枯らし、また生き返らせた。これによって、そのアケタツノ王に、ヤマトオユシキトミトヨアサクラノアケタツノ王(4)という御名を賜わった。

いよいよアケタツノ王とウナカミノ王の二王を、皇子に副えてお旅立ちの時、また占いに、

「北の那良《なら》山越えから行けば、跛者《びっこ》と盲人に会う。西の大坂山越えから行っても、また跛者と盲人に会う。ただ脇道《わきみち》の、南の紀伊越えを行けば、それが吉《よ》い道」

とあったので、その道を通って行かれる途中の土地土地に、品遅部《ほむぢべ》を作られた。

かくて出雲に至って大神を拝し終えて、御帰京の道に、簸《ひ》河の河中に、皮つきのままの木材を簀《す》に編んで橋をかけ、仮宮を造って、皇子をお入れ申した。ところが、出雲国造《の》の祖先のキヒサツミというものが、青葉で飾り立てた築山《つきやま》をその川下に作り、御接待申し上げようとしていた。それを皇子が御覧になると、

「あの、川下に、青葉の山のようにしているのは、山のようだけれど山でもない。もしか、出雲の石硐《いわくま》の曽宮《その》(5)に鎮座しますアシハラシコヲノ大神に奉仕する神主の大庭(6)ではないか」

と問われた。御供の王たちは、皇子のお言葉が出たのを聞いて喜んで、皇子を檳榔《あじまさ》の長穂の宮(7)に坐《いま》さしめ、一方、早馬でこのことを都にお知らせ申した。

ところが、一夜、皇子は、その地のヒナガヒメをお婚《め》しになった。しかるに、あとで姫の部屋《へや》をお覗《のぞ》きになると、意外、蛇なので、たまげてお逃げ出し遊ばされた。ヒ

ナガヒメは皇子の御変心を悲しんで、海原を光り輝かせながら船で追いかけて来られる。皇子は御船を陸地に引き上げ、山の窪《くぼち》地から山の彼方《かなた》に越して、やっとのこと、のがれ帰り給うことができた。

「大神に御参拝遊ばされましたために、皇子は、お言葉をお出しになりましたので、帰ってまいりました」

二王が御報告申し上げると、天皇はお喜びになって、直ちにウナカミノ王のほうを出雲に帰して、大神の宮を御造営になった。そしてまた、その皇子のために、鳥取部《とりべ》、鳥甘部《とりかい》、品遅部《ほむぢ》、大湯坐《おおゆえ》(8)、若湯坐《わかゆえ》(9)等の部族をお立てになった。

(1)大和国磯城郡安倍村。(2)不詳。(3)大和国高市郡飛鳥村大字豊浦。(4)倭老師木登美豊朝倉曙立王。(5)出雲大社ではない。(6)正面の庭。(7)不詳。(8)(9)御浴湯をつかさどる。

円野比売

天皇は、皇后の仰せられたように、ミチノウシノ王の御娘の、ヒバスヒメノ命、オトヒメノ命、ウタゴリヒメノ命、マドヌヒメノ命、合わせて四方をお召し寄せ給うた。

しかるに、ヒバスヒメノ命とオトヒメノ命のお二方をとどめて、その御妹お二方はたいそう醜い方だったので、故郷にお送り返しになった。マドヌヒメは、同じ姉妹のなかで、不器量のために帰され、それが近隣に聞えるのも恥かしく、山城の国の相楽《さがらか》に至られた折りに、木の枝につり下がって死のうとされた。だから、その地を懸木《さがりき》というのである。今は相楽(1)といっている。また、乙訓《おとくに》に至られた時、ついに深淵《ふかぶち》に身を投げて死んでしまわれた。だから、その地を堕国《おちくに》というのである。今は乙訓(2)といっている。

(1)山城国相楽《さがら》郡。　(2)山城国乙訓郡。

非時の香木実

また天皇は、三宅連《みやけの》らの祖先に当るタヂマモリを、常世《とこよ》の国(1)につかわして、非時《ときじく》の香木実《かぐのこのみ》(2)をお求めさせになった。タヂマモリは、ついにその国に行き着いて、その木の実を採って、枝付きのと、葉のないのとを八枝ずつ、持って帰って来たが、その間に天皇は崩御遊ばされた。そこでタヂマモリは、枝付きの四枝、葉なしの四枝を皇后に献じ、残りの四枝ずつを天皇の御陵の戸の前にお供え申して、その実を捧げ持って泣

き叫び、

「常世の国の非時の香木実を持って帰りましてございます」

と申し上げて、泣きに泣いて泣き死にしてしまった。その非時の香木実というのは、今の橘《たちばな》(3)である。

この天皇は御年百五十三歳で崩御、御陵は菅原《すがはら》の御立野《みたちの》の中にある。(4)

皇后のヒバスヒメノ命のおかくれになった時に、石棺を作る部民として石祝作《いしきつくり》をお立てになり、また埴輪《はにわ》などの葬礼用の土器を作る部民として土師部《はにしべ》をお立てになった。

この皇后は狭木《さき》の寺間《てらま》の陵(5)に御葬り申してある。

(1)伝説的の名で、実在的にどの国かは確かでない。(2)四時絶ゆる時なく香る果実と称するので、橘のこと。(3)タヂマモリという名と縁由あり。(4)大和国生駒郡都迹村大字尼ケ辻、菅原の伏見東陵と申す。(5)大和国生駒郡平城村大字山陵。

景行天皇

オホタラシヒコオシロワケノ天皇は、纏向《まきむく》の日代《ひしろ》の宮(1)に坐して、天下をお治め遊ばされた。

この天皇は、吉備《の》臣らの祖先のワカタケキビツヒコの娘の、ハリマノイナビノ大《おお》郎女《いらつめ》を娶《め》して、クシツヌワケノ王、オホウスノ命、(2)ヲウスノ命、(3)一名ヤマトヲグナノ命、ヤマトネコノ命、カムクシノ王の五方をお生みになった。また、ヤサカノイリヒコノ命の娘ヤサカノイリヒメノ命を娶して、ワカタラシヒコノ命、(4)イホキノイリヒコノ命、オシワケノ命、イホキノイリヒメノ命を、また、御名の伝えなき妾《みめ》の御子トヨトワケノ王、ヌノシロノ郎女《いらつめ》を、また、妾の御子ヌナキノ郎女、カゴヨリヒメノ命、ワカキノイリヒコノ王、キビノエヒコノ王、タカキヒメノ命、オトヒメノ命を、また、日向のミハカシビメを娶してトヨクニワケノ王を、また、イナビノ大郎女の妹イナビノ若《わき》郎女を娶してマワカノ王、ヒコヒトノオホエノ王を、また、ヤマトタケルノ命の曽孫《ひまご》の、スメイロオホナカツヒコノ王の娘カグロヒメを娶してオホエノ王をお生みになった。

およそこのオホタラシヒコノ天皇の御子は、書に録してある方が二十一王、記してない方が五十九王、合わせて八十王あらせられるなかで、ワカタラシヒコノ命と、ヤマトタケルノ命と、イホキノイリヒコノ命と、この三王が太子《ひつぎのみこ》の御名を受けられ、その余の七十七王は、すべて国々の国造《くにのみやつこ》(5)、別《わけ》、稲置《いなぎ》、県主《あがたぬし》として分封された。

そのなかで、ワカタラシヒコノ命が御即位になり、ヲウスノ命は、東西の荒神、及び服せぬ者どもを御鎮定になった。クシツヌワケノ王は、茨田下連《まむだのしもつむらじ》らの祖先、オホウスノ命は、守《もりの》君、大田《の》君、嶋田《の》君の祖先、カムクシノ王は、紀伊の国の酒部《さかべ》の阿比《あび》古《こ》、宇陀《うだ》の酒部の祖先、トヨクニワケノ王は日向《の》国造の祖先である。

(1)大和国磯城郡纏向村大字穴師。(2)(3)次条参照。(4)成務天皇。(5)以下、古代の地方官。

倭建命

天皇は、美濃《の》国造の祖先のカムオホネノ王の御娘、兄《え》ヒメ、弟《おと》ヒメという二人の嬢子《おとめ》がみめうるわしいとお聞きつけになって、皇子のオホウスノ命(1)をやって、お召し寄せになった。しかるに、お使のオホウスノ命は、天皇に差し出さずに、みずからその二女に通じ、別にほかの女をさがして、偽って差し上げられた。天皇は、それが別の女であることを御承知になり、いつもじろじろお見やりになるだけで、お婚《め》しになることもなく、何か考え込んでおいで遊ばす御様子であった。このオホウスノ命が、兄《え》ヒメを娶してお生みになった御子は、オシクロノエヒコノ王で、美濃の宇《う》泥《ね》須《すの》別の祖先に当り、また、弟《おと》ヒメを娶してお生みになった御子は、オシクロノオトヒコノ王

で、この王は、牟宜都君《むげつの》らの祖先である。(2)

天皇は、ヲウスノ命に、

「どうして、そなたの兄は、朝夕の食事の時に出仕しないのか。ひとつ、そなたから話してやってくれまいか」

と仰せられた。が、それから五日たっても、やはりオホウスノ命は出仕されなかった。

「どうして、そなたの兄は、久しく出て来ないのか。まだ諭《さと》してみないのではあるまいな」

と、重ねてお尋ねになると、

「いえいえ、仰せの通りにいたしました」

「では、どのようにさとしたのじゃ」

「朝早く厠《かわや》にお入りになったところを、捕えて、つかみひしぎ、手を引きもいで、薦《こも》に包んで捨ててしまいました」

と申し上げた。

天皇は、この皇子の強暴な御気性をお恐れになり、仰せ下されるには、

「西の方に、クマソタケルという兄弟の悪者がいる。この者どもは朝命に従わず、無礼な者どもであるから、その者どもを、これから行って殺してまいれ」

ヲウスノ命はまだ少年であられたので、御髪を額に束ね結うていられたが、御姨《おば》のヤマトヒメノ命の御衣裳《いしょう》をいただいて、剣をふところにしてお出かけになった。クマソタケルの家に行ってごらんになると、クマソタケルはその家の附近を三重の軍兵をもって警護し、その中に新しく家を造って住んでいた。そして、

「新築落成の祝宴だ」

と、がやがや大騒ぎで酒宴の準備中であった。ヲウスノ命は、そこらをぶらつきながら、ひそかにその祝宴の日を待たれた。いよいよその日になるや、命は、お結いになっていた髪を、少女の髪のように梳《す》き垂《た》れさせ、御姨から受けられた御衣裳をお着けになり、すっかり少女らしい姿となって、女たちのなかに交じって家の中にお入りになった。クマソタケル兄弟は、たちまちその少女姿を見て心を動かし、自分ら二人の間にすわらせて、盛んに飲み騒ぎした。こうして酒宴がたけなわな時になって、命は懐中から剣を出し、兄のクマソタケルのえりくびをつかんで、その胸からぐさと刺し通された時、弟の方は恐れて逃げ出した。それを階段の下に追いかけて背をとらえ、剣で尻《しり》から刺し通された。

「そのままに」

と、弟のクマソタケルは絶えゆく息の下から、

「剣を動かさないでおいて下されませ、申し上げたいことがありまする」と請うのであった。命はしばらく猶予を与えて、押し伏せていられると、

「いったいあなた様は、どなたでいらせられまするか」

「わしは、纏向《まきむく》の日代《ひしろ》の宮に坐して大八島国《おおやしまぐに》をお統《す》べ遊ばす天皇の皇子、ヤマトヲグナノ皇子《みこ》だ。貴様たちクマソ二人が、服従せず、礼をいたさぬことを聞《きこ》し召されて、殺せとの御命令でつかわされたものだ」

「まことに、さようでもございましたか。西の方では、わたくしども二人よりも猛《たけ》く強いものは一人もおりませぬ。しかるに、大倭《おおやまと》の国に、わたくしども二人にもまさって武勇すぐれた、あなた様がおわしたのでございました。わたくしは、あなた様に御名を奉りたいと存じまする。今から後は、ヤマトタケルノ皇子とお称《とな》えなされますよう」

そう言い終るや否や、命は直ちにクマソタケルを、熟した瓜《うり》のように切り裂いてお殺しになった。その時から、御名を称《たた》えてヤマトタケルノ命と申し上げるのである。かくて都に御帰還になる途中に、また長門《ながと》の海峡の悪神をすべて鎮定して、お上り遊ばされた。なお、出雲の国にもお入りになって、イヅモタケルを殺そうと思《おぼ》され、策をめぐらして友好をお結びになった。そして、ひそかに赤檮《いちいのき》で偽刀《にせたち》を作って御佩刀《はいとう》と

なされ、一緒に簸河《ひの》に入ってからだをすすがれた。それから、さきに川から上がって、イヅモタケルが解いて置いた大刀《たち》をお佩《は》きになり、

「大刀換えをしよう」

とおっしゃられると、イヅモタケルはあとから上がって来て、ヤマトタケルノ命の偽刀を佩いた。

「さあ、大刀合わせ(3)をしよう」

そこでおのおのその大刀を抜く時、イヅモタケルの方は偽刀で抜くことができなかった。ヤマトタケルノ命は抜いて、イヅモタケルを見事にお殺しになった。そこで、歌をお詠《よ》みになって、

やつめさす　出雲建《いづもたける》が　　出雲名うての男はタケル
佩《は》ける大刀《たち》　　佩いた刀の柄《つか》や鞘《さや》
黒葛多巻《つづらさは》き　真身《さみ》無しに　　葛《かずら》はあまた巻くとても　中身一つの無いゆえに
あはれ　　討たれたるこそあわれなれ

こうして討ち平らげて、御帰還になり、征討の次第を御復命遊ばされた。

ところが、天皇はまた引き続いて、

「東方十二国の荒神や、服せぬやからを鎮定してまいれ」

と仰せられ、吉備臣《の》らの祖先の、ミスキトモミミタケヒコという者を附けておつかわしになり、柊《ひいらぎ》の木で作った長矛《ながほこ》を賜わった。そこで命は、勅命を拝受してお下りになる途次、伊勢大神宮に参拝して、御姨《おば》のヤマトヒメノ命に、

「天皇は全く、わたくしが死ぬことをお望みなのでございましょう。西国の悪人どもを討ちにつかわされて、帰って参ってまだ間もないのに、軍兵も賜わらず、今また東方十二国の悪人どもの平定につかわされるというのは、どういうわけでございましょう。恐らくは、わたくしが早く死んでしまうようにとの思召しでいらっしゃるに違いありません」

と、涙にくれて申されて、そこから東国にお下りになる時に、ヤマトヒメノ命は、草《くさ》薙《なぎの》剣を命に賜わり、また一つの袋をもお添えになって、

「万一、危急の事がありましたら、この袋の口をお解きなさい。御身が救われましょうから」

と申された。

ヤマトタケルノ命はそこから尾張の国に至り、尾張国造《の》の祖先のミヤズヒメの家に

お入りになった。そして、ミヤズヒメを婚《め》そうとお思いになったけれども、また帰途の際にと思って、約束だけしておいて、東国に御出立になり、山や川の荒神、従わぬ悪人どもを次々お鎮《しず》めになり、やがて相模《さがみ》の国までお下りになった。ところが、その国造は悪者であって、命を偽り、

「この野の中に、大きな沼がありまして、その沼の中に住んでいる神が、まことに猛悪な神でござりまする」

と申し上げた。命はその神を見るために野の中にお入りになると、国造はすかさず、その野に火をつけた。欺かれたことをおさとりになった命は、身の危険を感じ、御姨のヤマトヒメノ命から賜わった例の袋の口を解いてごらんになると、その中に火打が入れてある。そこでさっそく刀をもって草を刈り、火を打って、こちらからつけられた。火はそこで逆に外の方に燃えてゆき、ようやく難を免れてその野からお出ましになり、その国造どもを残らず切り滅ぼし、火をつけて焼いてしまわれた。だから、今でもそこを焼津《やきづ》(4)というのである。

そこから更に奥地へと志して、安房《あわ》の国に行くため、走水《はしりみず》(5)の海をお渡りになろうとすると、その渡《わたり》の海の神が、波を起して、御船は漂うだけで進むことができない。この時、妃《きさき》のオトタチバナヒメノ命が、

「わたくしが、皇子様にお代りして、海に入りましょう。皇子様は平定の御任務をお果たし下さいませ」

と言って、海に入ろうとなされる際に、菅《すげ》の敷物八枚、皮の敷物八枚、絹の敷物八枚を、波の上に敷き重ねて、その上にお降ろし申された。すると、荒波はおのずから凪《な》いで、御船も事無く進むことができた。その折りに、妃のお歌いになった御歌は、

さねさし　相模《さがむ》の小野《をぬ》に
燃ゆる火の　火中《ほなか》に立ちて
問ひし君はも

相模の小野の火の中に
命危うい時にさえ　わたしのことを忘れずに
たずね給うたわが皇子《みこ》よ

七日の後に、妃の御櫛《くし》が海岸に流れついた。それで、その御櫛を取って、御陵墓を作ってお納めになった。それから更に進んで強暴な蝦夷《えぞ》どもを鎮《しず》め、また山や川の荒神たちをも平らげて御凱旋《がいせん》になる時に、足柄峠《あしがらとうげ》の登り口に着いて、御食事の乾飯《ほしいい》を召し上がっていられるところに、その坂の神が白鹿《しろしか》に化けて来た。そこで命は食べ残りの蒜《ひる》の端で、その鹿の来たところを打たれたところが、その目に当って、鹿は打ち殺されてしまった。そうやって峠に上り、走水の海の方角を見渡されて、オトタチバナ

ヒメノ命の御事を深くお嘆きになり、

「あゝ、吾《あ》が妻よ」

とお呼びかけになった。だから、その国をあづまというのである。

そこから越えて甲斐《かい》の国に出て、酒折《さかおり》の宮にお着きになった時、

新治《にひばり》　筑波《つくば》を過ぎて
幾夜か寝つる

新治・筑波の国を過ぎ
幾夜重ねし旅枕

とお歌いになると、庭火を焚《た》いていた一老人が、御歌に続け、

かがなべて
夜には九夜《ここのよ》
日には十日を

旅寝重ねてこの地まで
夜に九夜
日に十日

と歌った。それで、その老人を賞して、東《あずま》の国の国造に御任命になった。

そこから信濃の国に越え、信濃と美濃との境の信濃坂の神を鎮め、尾張の国に帰り、

先にお約束になっていたミヤズヒメの家にお入りになった。

さて、その御供応の際に、ミヤズヒメがお杯を捧げて奉られたが、ミヤズヒメの上着の裾に月のものが付いているのを御覧になり、

久方《ひさかた》の　天《あめ》の香山《かぐやま》
利鎌《とがま》に　さ渡る鵠《くび》
弱細《ひはぼそ》　手弱腕《たわやがひな》を
枕《ま》かむとは　我《あれ》はすれども
さ寝むとは　我は思へど
汝《な》が着《け》せる　襲《おすひ》の裾《すそ》に
月立ちにけり

香山の峰をかぼそく
鳴き渡る鵠《くぐい》の足に
似て君が細き腕《かいな》を
抱き取りてわれは寝《い》ねんと
思い来て会えるこの夜に
君が着る上着の裾に
あやにくも月経《つき》の着けるよ

ミヤズヒメがお答え申された歌は、

高光《たかひか》る　日の御子
安見《やすみ》しし　わが大君

大空の日輪に似て
かがやける　皇子《みこ》　わが君よ

新玉《あらたま》の　年が来経《きふ》れば
新玉の　月は来経《きへ》ゆく
諾《うべ》な諾な　君待ち難《がた》に
わが着《け》せる　襲《おすひ》の裾に
月立たなむよ

かの日より年も新たに
かの日より月も新たに
往《ゆ》きてまた巡り来《きた》れば
君待つも待ち難しとて
裾につくわが月のもの

　こうしてお婚《め》しになり、その御佩刀《はいとう》の草薙《の》剣をミヤズヒメのもとに置いて、伊吹《いぶき》(6)山の神を討伐にお出かけになった。

「この山の神は、素手《すで》で、何の手間もいらず殺してやろう」

と言って、山にお登りになる時、山から、大きさは牛ほどもある白い猪《いのしし》が出て来た。

「この白い猪になってるやつは、山の神の使であろう。いま殺さなくたって、帰りに殺してやる」

　こう高言してお登りになった。すると、山の神が大きな雹《ひょう》を降らせてたたきつけ、命を人事不省に陥らせ申した。この白い猪に化けていたのは、山の神の使ではなくて、山の神そのものであったのに、高言されたので災いにおあいになったのである。そこで山を下って、玉倉部《たまくらべ》の清泉《しみず》にお着きになって、御休息なされた時に、ようやくもとの元気を取り返された。だから、その清泉を、居寤《いさめ》の清泉⑺というのである。

そこをお立ちになって、当芸野《たぎの》⑻のほとりにお着きになった時、

「わたしの心は、いつも、空を翔《かけ》り行くようだったが、今のわたしの足は、歩行もかなわず、腫《は》れ上がって、まるで舵《たぎし》のような形になってしまった」

とお嘆きになった。だから、そこを当芸というのである。その後というものは、少しお歩きになるだけでも非常な御難渋で、杖をつきながら、やっと足を進められる有様であった。だから、そこの坂を杖衝坂《つえつき》⑼というのである。

そこから尾津《おつ》の崎⑽の、一本松のところにおいでになると、御東征の途次、そこで御食事をなさった折りに忘れて置かれた御刀が、なくならずそのまま残っていた。これを見て、

尾張に　直《ただ》に向へる
尾津の崎なる
一つ松　吾兄《あせ》を
一つ松　人にありせば
大刀《たちは》佩けましを　衣《きぬ》着せましを

尾張の国に真向いの
尾津の崎なる一つ松
あゝその松が人ならば
大刀もやりたい一つ松
衣も着せたい一つ松

一つ松　吾兄を

そこから、三重《みえ》の村(11)においでになった時、

「わたしの足は、三重の勾《まが》り餅《もち》のようになって、疲れてしまった」

とおっしゃられた。だから、その地を三重というのである。

三重の村から進んで能煩野《のぼぬ》(12)にお着きになった時に、故郷の大和を偲《しの》び給うて、

倭《やまと》は　国のまほろば
たたなづく　青垣《あをがき》山
隠《こも》れる
倭し　美《うるは》し

大和は夢に包まれて
重なりつづく山脈《やまなみ》の
青き垣なすその中に
隠《こも》る大和のうるわしさ

また、

命《いのち》の　全《また》けむ人は
畳薦《たたみこも》　平群《へぐり》(13)の山の

生きて帰らん供人は
平群の山の白檮の葉を

熊白檮《くまかし》が葉を　　永久《とわ》にも生きんしるしとて
髻華《うず》に挿《さ》せ　その子　　髪にかざして暮らせかし

この御歌は、「国偲《くにしぬ》び歌」というのである。また、

愛《は》しけやし　　なつかしい！
我家《わぎへ》の方よ　　ふるさとの空から
雲居《くもゐ》立ち来《く》も　　雲がわいてくるぞ

これは「片歌《かたうた》」というのである。この時、御危篤に陥り給うて、

嬢子《をとめ》の　床の辺《べ》に　　ミヤズヒメの床のべに
わが置きし　剣《つるぎ》の大刀《たち》　　置いてきた大刀よ
その大刀はや　　あゝ　その大刀よ！

歌い終えて、そのままおかくれになった。そこで、都に急使を立てて、それをお知ら

せ申した。

大和に残っていられた妃方や、御子方は、皆々都から下っておいでになり、御陵墓を作って、その周囲に靡《なび》きついている田に匍《は》い廻って、声も忍ばず泣きながらお歌いになった御歌は、

靡《なつ》付きの田の　稲幹《いながら》に
稲幹に　匍《は》ひ廻《もとほ》ろふ
薢葛《ところづら》

陵《はか》のめぐりに靡《なび》きつく
田の稲茎《いながら》に　稲茎に
薢葛《ところかずら》は匍いまとう

ヤマトタケルノ命の御魂《みたま》は、大きな白い鳥となって空に舞い上がり、浜に向って飛び去られた。妃たち、御子たちは、そこの篠竹《しのだけ》の切株に足を傷つけつつも、痛みを忘れて泣く泣くそのあとを追われた。その時の御歌は、

浅小《あさじ》竹《ぬ》原《はら》　腰煩《なづ》む
空は行かず　足よ行くな

浅小《あさし》竹《の》原《はら》に行き悩み
空行くどころか　足までも

また、海の中に入って、行き悩みつつ、

海処《うみが》行けば　腰煩《なづ》む
大川原《おほかはら》の　植草《うゑぐさ》
海処は　いさよふ

海行けば　腰を浸して
川草の　もまるるごとく
波に揺れ　足は進まず

また、白鳥が飛んで磯《いそ》にいる時、

浜つ千鳥　浜よ行かず
磯伝《いそづた》ふ

浜千鳥は浜行かず
磯伝いゆく追いにくさ

この四つの歌は、みなその御奉葬の時に歌ったのである。今でもその歌は、天皇の御大葬に歌うことになっている。

命の魂は、その国からまた飛び翔《かけ》り、河内《かわち》の国の志幾《しき》におとどまりになった。そこで、そこにも御陵墓を作ってお鎮《しず》め申した。この御陵を白鳥《しらとり》の御陵(14)と申す。けれども、そこからまた空に翔り上って飛び去り給うた。

このヤマトタケルノ命が、国々を平らげてお廻りになる際、久米直《くめのあたえ》の祖先に当るナナツカハギという者が、お供についていて、御食事のお世話を申し上げた。

ヤマトタケルノ命は、垂仁天皇の皇女フタヂノイリビメノ命を娶《め》してタラシナカツヒコノ命（15）お一方を、また、かの御入水《じゅすい》になったオトタチバナヒメノ命を娶してワカタケルノ命お一方を、また、近江の安《やすの》国造の祖先のオホタムワケの娘フタヂヒメを娶してイナヨリワケノ王お一方を、また、吉備《の》臣タケヒコの妹オホキビタケヒメを娶してタケカヒコノ王お一方を、また、山城のククマモリヒメを娶してアシカガミワケノ王お一方をお生みになり、また、ある御名不詳の妃に、オキナガタワケノ王がお生れになった。すべてヤマトタケルノ命の御子は、合わせて六方である。

そのなかで、タラシナカツヒコノ命が御即位になった。イナヨリワケノ王は、犬上《いぬかみの》君、建部《たけべの》君らの祖先、タケカヒコノ王は、讃岐綾《さぬきのあやの》君、伊予別《のわけ》、戸《と》袁《おの》別、麻《ま》佐首《さのおびと》、宮《みや》首《じの》別らの祖先、アシカガミワケノ王は、鎌倉《かまくらの》別、小《お》津《づの》君、石代《いわしろの》別、漁田《ふきだの》別の祖先である。オキナガタワケノ王の御子はクヒマタナガヒコノ王で、この王の御子はイヒヌノマグロヒメノ命、オキナガマワカナカツヒメ、オトヒメのお三方、また、上に言ったワカタケルノ王は、イヒヌノマグロヒメを娶してスメイロオホナカツヒコノ王を、この王が、近江のシバヌイリキの娘シバヌヒメを娶してカグロヒメノ命をお生みになった。景行天皇は、このカグロヒメノ命を娶してオホエノ王お一方を、この王は、庶妹《まま》シロガネノ王を娶して、オホナガタノ王、オホナカツヒメノ命お二方をお生みになった。このオホナカツヒメノ命は、カゴサカノ王、オシクマノ王(16)の御母である。

(17)この天皇の御代に、御料田耕作の部民の田部《たべ》を定め、また、東《あずま》の安房《あわ》の水門《みなと》を開き、膳夫《かしわで》(18)の部民を率いる膳之大伴部《かしわでのおおともべ》を定め、また、大和の御料田を定められ、また、坂手の池(19)を作り、その堤に竹をお植えになった。

景行天皇は御年百三十七歳で崩御、御陵は山辺《やまのべ》の道のほとりにある。(20)

(1)大碓命。(2)小碓命。倭建命のこと。(3)水浴、大刀換え、大刀合わせ、ともに結盟の式か。(4)駿河国志太郡焼津《やいづ》。(5)相模国三浦郡から上総に渡る海峡。浦賀町に大字走水がある。(6)近江国坂田郡。(7)今不詳。(8)美濃国養老郡。(9)伊勢国三重郡内部村より能煩野への通路。(10)伊勢国桑名郡多度津村大字戸津か。桑名町ともいう。(11)伊勢国三重郡。(12)伊勢国鈴鹿郡。(13)大和国生駒郡。(14)河内国南河内郡古市村大字軽墓の白鳥陵。(15)仲哀天皇。(16)「香坂・忍熊二王の乱」の条参照。(17)以下三行、原文では一三五ページ一行目に続いて置かれてあるが、便宜のためここに移した。(18)御料理に奉仕するもの。(19)大和国磯城郡川東村大字坂手。(20)大和国磯城郡柳本村大字渋谷、山辺道上陵と申す。

成務天皇

ワカタラシヒコノ天皇は、近江の滋賀《しが》の高穴穂の宮(1)に坐して、天下をお治め遊ばされた。

この天皇は、穂積臣《の》らの祖先のタケオシヤマタリネの娘オトタカラノ郎女《いらつめ》を娶して、ワカヌケノ王お一方をお生みになった。

それから、タケウチノ宿禰《すくね》を大臣《おおおみ》として、大小諸国の国造を定め、国々の境界や、大小の諸県の県主をお定めになった。

天皇は御年九十五歳で、乙卯《きのとう》の年三月十五日に崩御、御陵は沙紀《さき》の多他那美《たたなみ》にある。(2)

(1)近江国滋賀郡坂本村大字穴太。　(2)大和国生駒郡平城村大字山陵、狭城盾列池後《いけじり》陵と申す。

仲哀天皇

タラシナカツヒコノ天皇は、長門《ながと》の豊浦《とよら》の宮(1)と筑前の香椎《かしい》の宮(2)とに坐して、天下をお治め遊ばされた。

天皇は、オホエノ王の御娘のオホナカツヒメノ命を娶して、カゴサカノ王、オシクマノ王のお二方を、また、オキナガタラシヒメノ命を娶して、ホムヤワケノ命、オホトモワケノ命、(3)一名ホムダワケノ命のお二方をお生みになった。

この太子の御名を、オホトモワケノ命とおつけしたわけは、お生れになった時に、御腕に鞆《とも》の形をした肉塊があったので、その御名としたのである。そして、これによって、御母の御胎内におられながら、国をお治め遊ばす運をお負いになっていられたことが知られるのである。

この御代に、淡路《あわじ》の国の御料田をお設けになった。

(1)長門国豊浦郡長府町。　(2)筑前国粕屋郡香椎村、官幣大社香椎宮。　(3)応神天皇。

新羅《しらぎ》遠征の神告

皇后オキナガタラシヒメノ命は、かつて神がかりをし給うた。当時、仲哀天皇は、筑紫《つくし》の香椎の宮に坐して(1)、クマソの国を御征討遊ばそうとしていられた折りである。天皇は御琴をお弾《ひ》きになり、タケウチノ宿禰ノ大臣は、神降ろしの祭壇にあって、神

の御心をお伺いするのであった。さて、皇后に神がかりがあって、

「西の方に、一国があるぞ。金銀《こがねしろがね》をはじめとして、まばゆきばかりの種々《くさぐさ》の珍宝《たから》が、その国には充満しているのぢゃ。今その国を、わしは、この国に従わせてあげよう」

しかるに、天皇は、

「高い所に登って、西の方を見てみましたら、一向に国は見えませぬ。ただもう、ひろびろとした海原ばかりでありまして」

こうお答えになるなり、偽りを申される神だと思い給うて、御琴も押しのけて更にお弾きにならず、それきり黙ってい給うた。その神は、大いに怒って、

「もうこの天下は、あなたの治められる国ではない。あなたは、黄泉《よみ》の国においでなさい」

タケウチノ宿禰ノ大臣は、

「恐れ入りました。陛下、さあ、御琴を」

とお勧め申した。天皇はいやいやながらも、再び御琴を引き寄せて、しぶしぶ弾いていられるうちに、まもなく、御琴の音が聞こえなくなった。そこで、火をあげて見ると、もうおかくれになっていられた。

（1）神がかりの修法である。

神功皇后の征韓

そこで皇后はお驚きになって、御遺骸《なきがら》を殯宮《あらきのみや》（1）に安置し奉り、さらに広く国中から幣物《へいもつ》を集めて、生剝《いきはぎ》、逆剝《さかはぎ》、田の畔《あぜ》の破毀《はき》、田の溝埋《みぞう》め、屎穢《くそよご》し、親子相婬《そういん》、馬姦《ばかん》、牛姦、鶏姦、犬姦等の罪を犯した者をおさがし出しになって、国中ことごとくの祓《はら》いを行い、再び降神の祭を行うて、タケウチノ宿禰が神の御心をお伺い申し上げた。ここにまた神が教えさとし給う言葉は、全く前と同じで、

「この国は、皇后の胎内にあらせられる皇子のお治めになるものである」

とお告げになった。

「まこと恐れ多いおさとしでござりまする」

と、タケウチノ宿禰が、

「大神様、その皇后の御胎内の御子は何御子であられまするか、お教え下されませ」

「男子にましますじゃ」

「かたじけのう存じまする。今このようにお教え下さりまする大神は、何神様であ

らせられましょうか、御名をお伺いしたく存じまする」

と、詳しくお伺いを立てると、

「これは、天照大御神の御心じゃ。また、底《そこ》ツツノヲ、中《なか》ツツノヲ、上《うわ》ツツノヲの三たりの大神である。今まことにその国を求めようと思うならば、天つ神、国つ神、山の神、海川の神々、残らずに幣帛《へいはく》を奉り、わしの御魂《みたま》を船の上にお乗せして、槙《まき》の木の灰を瓢簞《ひさご》に入れ、また、箸《はし》と浅い平皿《ひらざら》とをあまた作り、皆々海上に散らし浮かせて渡れよ」

とお教えになった。

底ツツノヲ、中ツツノヲ、上ツツノヲの三大神の御名は、この時はじめてお現われになったのである。

さて、万事お教えのようにして、軍兵を整え、軍船を並べ連ねて、海をお渡りになる時、海原の魚どもが、大小を問わず、ことごとく御船を負うて渡った。追風も大いに吹き、御船は波のまにまに進み、その御船の立てる波が、新羅《しらぎ》の国に押し上がって、ほとんど国の半ばまで浸した。新羅の国王は恐れ入って、

「今から後は、天皇の仰せのままに、御馬飼(2)として、年ごとに、船数を並べ、貢物《みつぎもの》は船腹も乾《かわ》く所ないほど満載し、楫《かじ》も乾かすひまのないほど、次から次と絶ゆる時な

く漕《こ》いでまいり、天地のある限り、永久に貢物を奉献いたしてお仕え申しまする」と申し上げた。そこで、新羅の国を御馬飼と定め、百済《くだら》の国を海外の御料田の倉庫とお定めになり、皇后は、御杖を新羅の国王の門に突き立てられ、底ツツノヲ、中ツツノヲ、上ツツノヲの住吉《すみよし》の三大神の荒御魂《あらみたま》を、(3)この国の守り神として祭り鎮《しず》められて、御凱旋《がいせん》になった。

まだ、御征討の終らないころ、御懐妊中の御子がお生れ遊ばされようとした。皇后は、ご自分の御腹を鎮め給うために、石を取って御裳《みも》の腰におつけになり、筑紫の国に御帰還あって、そこで皇子が御誕生遊ばされた。だから、御誕生の地を宇美《うみ》(4)というのである。またその御裳におつけになった石は、筑紫の国の伊斗《いと》(5)の村にある。

また、筑紫の松浦県《まつらのあがた》(6)の玉島の里においでになって、川のほとりで御食事をなさるおりから、四月の初めのころであったので、その川中の洲《す》にいて、御裳の糸を抜き取り、飯粒を餌《えさ》としてその川の鮎《あゆ》をお釣りになった。だから、その川の名を小河《おがわ》(7)といい、またその中洲《なかす》を勝門比売《かちどひめ》というのである。それで、四月上旬のころ、女たちが着物の糸を抜き取り、飯粒を餌にして鮎を釣る行事が、今でも絶えずに続いている。

(1)御葬儀を行われるまで、仮に棺を安置される宮。(2)天皇の御馬のお世話を申し上げて奉仕する。(3)神のはたらきの表示として、幸魂《さきたま》・和魂《にぎたま》・荒魂《あらたま》がある。勇武の活動性の方が荒魂である。(4)筑前国粕屋郡宇美村。(5)筑前国糸島郡深江村。(6)肥前国東松浦郡。(7)玉島川・松浦川。

香坂・忍熊二王の乱

さて、皇后は大和にお帰りになる時に、人心に疑わしい節《ふし》があったので、柩船《ひつぎぶね》を一隻設けて、皇子をその船にお乗せ申し、皇子はすでに薨《こう》ぜられたといううわさをお立てになった。こうして上っておいでになる時に、カゴサカノ王とオシクマノ王とはこのことを聞いて、途中に待って撃ち奉ろうと思い、斗賀野《とがの》(1)に軍を進め、ここで勝敗吉凶の占いの狩猟を行われた。カゴサカノ王は、櫟《くぬぎ》の木に登って狩の状況を御注視になっていると、怒り狂った大きな猪《いのしし》が出て来て、その櫟の木を掘り倒し、カゴサカノ王を食い殺してしまった。その弟王のオシクマノ王は、この凶兆をも恐れずに、さらに軍兵を集めて皇后の軍を待ち受け、攻撃を加えられる時に、兵士の乗っていない、空船《からぶね》の柩《ひつぎ》の船に向って攻めかけようとされた。すると皇后の軍は、その柩の船から伏兵を降ろして王の軍勢を破られた。オシクマノ王はこの時、難波《なにわ》の吉師部《きしべ》の祖先のイサヒノ宿禰《すくね》を将軍とし、太子方では、丸邇《わにの》臣の祖先のナニハネコタケフルクマノ命を将軍として、逃ぐるを追うて山城の国に至った時、オシクマノ王の軍が逆襲し、両軍対《たい》峙《じ》して一歩も退かずに交戦した。タケフルクマノ命は一計を案じて、

「皇后はおかくれ遊ばしてしまったので、もう戦う必要はない」

と流言を放って、弓の弦《つる》を断ち、オシクマノ王の軍門に欺き降った。オシクマノ王の将軍イサヒノ宿禰は、その偽りを信じ込んで、弓の弦をはずし、刀剣を鞘《さや》に納めてしまった。すると、皇后の軍は、髻《もとどり》の中から用意の弦(一名うさゆづる)を取り出し、再び弓を張って攻めかけてきた。オシクマノ王の軍はついに逢坂《おうさか》に退却し、そこで対陣したが、やはり撃破され、滋賀に出て、そこにおいて全滅した。オシクマノ王は、将軍イサヒノ宿禰とともに追い詰められ、船に乗って湖水に浮んでお歌いになるには、

いざ我君《あぎ》　伊佐比宿禰《いさひすくね》よ　振熊の
振熊《ふるくま》が　痛手《いたで》負はずは　矢傷を受けて死のうより
鳰鳥《にほどり》の　淡海《あふみ》の湖《うみ》に　淡海の湖の鳰鳥に
潜《かづ》きせなわ　なって潜《くぐ》ろよ　波の中

そして、湖に飛び入り、二人とも死んで行かれたのであった。

（1）摂津国武庫郡都賀野村。

気比大神

タケウチノ宿禰ノ命は、太子をお連れ申して、禊《みそぎ》をおさせしようと、近江《おうみ》・若狭《わかさ》の国を経て越《こし》の国の敦賀《つるが》に至り、そこに仮宮を造って、坐《いま》さしめ奉った。すると、その地に御鎮座のイザサワケノ大神（1）が、夜の夢に現われ給うて、

「わたしの名を、皇子の御名とお易《か》え申したい」

「つつしんで、仰せの通りにお易え申しましょう」

とお答えになると、

「では、明朝、浜においで下さい。そこで名易《なかえ》の御祝物を献じましょう」

翌早朝、浜にお出ましになると、鼻の毀《こわ》れた海豚《いるか》が浦一面に寄せてきていた。太子は、それを見て、

「大神の御饌《みけ》のお魚を、たしかにいただきました」

と、大神に申さしめられた。だから、この大神の御名を称《たた》えて、御食津《みけつ》大神とも別に申し上げたのであるが、今はケヒノ大神と申し上げている。またその海豚の鼻の血が

臭かった。だから、その浦を血浦というのである。けれども、今は都奴賀《つぬが》といっている。

それから大和にお帰りになった時に、御母の神功皇后は、お迎えのお酒を造っておいて、それを奉られた。その酒を奉られる時、御母后の御歌は、

この御酒《みき》は　わが御酒ならず
酒《くし》の神　常世《とこよ》に坐《いま》す
石《いは》立たす　少名《すくな》御《み》神《かみ》の
神寿《かむほ》ぎ　寿ぎ狂《くる》ほし
豊寿《とよほ》ぎ　寿ぎ廻《もとほ》し
献《まつ》り来《こ》し　御酒ぞ
乾《あ》さず食《を》せ　ささ

太子《みこ》に捧げるこの御酒は　わたしの造った御酒でなく
常世の国に永久《とこしえ》に
坐す少名の酒神《さかがみ》の
祝い狂うて酒つくり
祝い廻って酒つくり
奉《まつ》り持《も》て来た神の酒
重ね乾《ほ》せ乾せ神の御酒

こうお歌いになって、その御酒をおすすめになった。タケウチノ宿禰ノ命は、太子に代ってお答えの歌を奉られた。

この御酒《みき》を　醸《か》みけむ人は
その鼓　臼《うす》に立てて
歌ひつつ　醸みけれかも
舞ひつつ　醸みけれかも
この御酒の　御酒の
あやに転楽《うたたぬ》し　ささ

この御酒つくったその方は
鼓を醸酒《かもし》の臼として
歌いながらにつくったか
踊りながらにつくったか
この御酒のめばそのために
無性に楽しくなってくる　さあさ乾《ほ》しましょ神の御酒

これは「酒楽《さかほがい》の歌」である。

仲哀天皇は御年五十二歳で、壬戌《みずのえいぬ》の年六月十一日に崩御、御陵は河内の恵賀《えが》の長江にある(2)。皇后は御年一百歳で崩御、狭城《さき》の楯列《たたなめ》の陵(3)に奉葬されてある。

(1)官幣大社気比神宮。　(2)河内国南河内郡藤井寺村、恵我長野西陵と申す。　(3)大和国生駒郡山陵村、狭城盾列池上陵と申す。

応神天皇

ホムダワケノ命は軽島の明《あきら》の宮(1)に坐して、天下をお治め遊ばされた。

この天皇は、ホムダノマワカノ王の御娘お三方をお娶しになった。お一方はタカキノイリヒメノ命、次にナカツヒメノ命、次にオトヒメノ命。この女王方《ひめみこ》の御父ホムダノマワカノ王は、イホキノイリヒコノ命が、尾張《の》連の祖先のタケイナダノ宿禰の娘シリツキトメを娶してお生みになった御子である。さて、タカキノイリヒメノ命の御子は、ヌカタノオホナカツヒコノ命、オホヤマモリノ命(2)、イザノマワカノ命、妹《いも》オホハラノ郎女《いらつめ》、コムクノ郎女の五方。ナカツヒメノ命の御子は、キノアラタノ郎女、オホサザキノ命(3)、ネトリノ命のお三方。オトヒメノ命の御子は、アベノ郎女、アハヂノミハラノ郎女、キノウヌノ郎女、ミヌノ郎女の五方(4)。また、ワニノヒフレノオホミの娘のミヤヌシヤガハエヒメ(5)を娶して、ウヂノ若郎子《わきいらつこ》(6)、妹ヤタノ若郎女《わきいらつめ》(7)、メドリノ王(8)のお三方を、また、そのヤガハエヒメの妹君ヲナベノ郎女を娶してウヂノ若郎女お一方を、また、クヒマタナガヒコノ王の娘オキナガマワカナカツヒメを娶してワカヌケフタマタノ王お一方を、また、桜井の田部《の》連の祖先のシマタリネの娘イトキヒメを娶してハヤブサワケノ命(9)お一方を、また、日向のイヅミノナガヒメを娶して、オホハエノ王、ヲハエノ王、ハタヒノ若郎女のお三方を、また、カグロヒメを娶して、カハラダノ郎女、タマノ郎女、オサカノオホナカツヒメ、トホシノ郎女、カタヂノ王の五方を、また、葛城《かずらき》のヌイロメを娶してイザノマワカノ王お一方をお生みになった。この天皇の御子は合わせて二十六王。(10) 男王十一方、女王十五方である。

このなかで、オホサザキノ命が御即位になった。
(1)大和国高市郡白橿村大字大軽。 (2)(3)次条以下参照。 (4)実数は四方。 (5)―(9)次条以下参照。 (10)実数は二十七(男十二、女十五)。

大山守命と大雀命と宇遅能和紀郎子

ある時、天皇は、オホヤマモリノ命とオホサザキノ命とに、お尋ね遊ばされた。

「そなたたちは、皇子のなかで、兄と弟と、どちらが可愛いと思うか」

天皇の、こうお尋ねになったわけは、ウヂノ若郎子《わきいらつこ》に皇位を継がせたいという御心があったからである。

オホヤマモリノ命は、

「兄の方を可愛く思います」

次にオホサザキノ命は、天皇のお尋ねになる御心を察せられて、

「兄の方は、もはや成人して、気づかってやることもありませんけれど、弟の方は、まだ幼くて可愛い気がいたします」

天皇は、

「オホサザキノ命の言うところが、わたしの考えに合っている」

と仰せられて、皇子方の御職分を分けて、

「オホヤマモリノ命は、海部《あまべ》山部《やまべ》の部民の統領に、オホサザキノ命は、執政となり、ウヂノ若郎子は皇位に即きなさい」

と仰せられた。オホサザキノ命は、この御命令を遵奉《じゅんぽう》して行かれた。

このことについては、ひとつの前話がある。

ある時、天皇が、山を越えて近江の国に行幸遊ばされた時、宇治野(1)のほとりに立ち給うて、葛野《かずぬ》(2)をはるばるお見渡しになってお歌いになるには、

千葉《ちば》の　葛野《かづぬ》を見れば
百千足《ももちだ》る　家庭《やには》も見ゆ
国の秀《ほ》も見ゆ

葛野を見れば満ち足りて
賑《にぎわ》う民の家も見え
国にすぐれし所かな

そうして、木幡《こはた》村(3)までおいでになった時に、その村の辻《つじ》で、美しい少女がお目にとまった。天皇はその少女に、

「そなたは、だれの子かね」

とお尋ねになると、

「わたくしはワニノヒフレノオホミの娘で、ミヤヌシヤガハエヒメ(4)と申します」

「では、明日、帰り道に、そなたの家に立ち寄ることにしよう」

と仰せになった。ヤガハエヒメはその父に、子細にこのことを話した。

「それは、天皇であらせられた。まことに恐れ多いことじゃ。お言葉にお従い申しなさい」

父はこう言って、家を立派に飾りつけ、お待ち申していると、翌日お立寄りになった。そこで御供応申し上げる時に、その娘のヤガハエヒメにお杯を捧げて奉らせた。天皇は、その杯を捧げさせたままで、御歌をおよみになるには、

この蟹《かに》や　何処《いづく》の蟹
百伝《ももづた》ふ　角鹿《つぬが》の蟹
横去らふ　何処に至る
伊知遅島《いちぢ》　美島《み》に着《と》き
鳰鳥《みほどり》の　潜《かづ》き息づき

やれ蟹よ　そなたはどこの蟹である
わたしははるばる越国《こしぐに》の　敦賀《つるが》の蟹でございます
横ばいしながらどこに行く
伊知遅島から美島にと　着けば疲れて息苦し
ちょいと休みは琵琶《びわ》の湖《うみ》　水を潜《くぐ》って浮び出て

しなだゆふ　佐佐那美道《ささなみぢ》を
すくすくと　わが行《い》ませばや
木幡《こはた》の道に　遇《あ》はしし嬢子《をとめ》
後姿《うしろで》は　小楯《をだて》ろかも
歯並《はなみ》は　椎菱《しひひし》なす
櫟井《いちひゐ》の　丸邇坂《わにさ》の土《に》を
初土《はつに》は　膚赤らけみ
底土《しはに》は　鈍黒《にぐろ》きゆゑ
三栗《みつぐり》の　その中《なか》つ土《に》を
頭《かぶ》つく　真日《まひ》には当てず
眉画《まよが》き　濃《こ》に画《か》き垂《た》れ
遇はしし女《をみな》
かもがと　わが見し子ら
かくもがと　あが見し子に
うたけだに　向《を》ひ居るかも
い添ひ居るかも

鳰《にお》が吐息をつくように　息を休めて近江路《おうみじ》の
坂をせっせとやって来りゃ
木幡の村にかかる時　会ったおとめの美しさ
後ろ姿は楯の様で　すらりと伸びて　出そろった
歯並は椎か菱の実か
顔には丸邇坂のよい土を
上土は少し赤すぎる
下土はちょいと黒いので
栗の三つ実のその中の　中の土をば採ってきて
日にも当てない真額《まびたい》に
濃くまゆずみを引いている
おとめに会った昨日《きのう》から
ああもしようかあのおとめ
こうもしようかこのむすめ　思い続けたおとめ子に
あゝ目の前で杯を　とらせて酒を酌《く》むことよ
間近に添うていることよ

かくてお婚《め》しになって、お生みになった皇子が、さきに述べたウヂノ若郎子であらせられたのである。

(1)山城国宇治郡宇治附近。(2)山城国葛野《かどの》郡。ただし広く乙訓・紀伊の二郡を含めての称か。(3)山城国宇治郡宇治村大字木幡。(4)宮主矢河枝比売。

大雀命と髪長比売

また、天皇が、日向の国の諸県君《もろがたの》の娘カミナガヒメが美しいと聞かれて、お召し寄せになった時、太子のオホサザキノ命は、カミナガヒメが難波《なにわ》に着いたのを御覧になって、その美しいのを愛し給い、タケウチノ宿禰ノ大臣に、

「この、日向からお呼び上げになったカミナガヒメを、陛下にお願いして、わたしに賜わるようにして下さい」

とお頼みになった。そこでタケウチノ宿禰ノ大臣が、天皇にお願い申し上げると、すぐに御承諾になって、カミナガヒメを太子に賜わった。その賜わった時の御有様は、天皇が、御饗宴《きょうえん》の日に、カミナガヒメにお杯を捧げさせて、それを太子に賜わり、御

歌よみ遊ばされて、

いざ子ども　野蒜《ぬびる》摘みに
蒜摘みに　わが行く道の
香《か》ぐはし　花橘《はなたちばな》は
上枝《ほつえ》は　鳥居枯《ゐか》らし
下枝《しづえ》は　人取り枯らし
三栗《みつぐり》の　中つ枝の
ほつもり　赤ら嬢子《をとめ》を
いざささば　良《よ》らしな

また、

水溜《たま》る　依網《よさみ》の池の
堰杙《ゐぐひ》打ち
菱殻《ひしから》の　刺しけく知らに

さあさ　子どもよ　蒜摘みに
わが行く道にかおりおる
花橘の上枝は
鳥が散らして　下枝は
人が散らして　栗の実の
三つが中の中枝の
葉蔭に赤く熟《う》れそめた　色香におえるおとめ子を
さあさ誘うてよかろうぞ

依網の池の堰杙《せきぐい》を
打ちにはいれば菱殻の
刺すも知らずに　蓴菜《ぬなわな》の

蔓繰《ぬなはく》り　延《は》へけく知らに
わが心しぞ　いや痴《をこ》にして
今ぞ悔しき

張った蔓根《つるね》にかかるのも
知らないでいた愚かさよ
ひそかに隠れておとめ子を　恋《おも》う皇子《こども》もいたものを

こうお歌いになって、カミナガヒメを賜わった。
嬢子《おとめ》を賜わってから、太子のお歌いになった歌は、

道の後《しり》　古波陀嬢子《こはだをとめ》を
雷神《かみ》のごと　聞えしかども
相枕纏《あひまくらま》く

遠いはるかの国にいて
名のみ響きしおとめ子と
枕かわして寝ることよ

また、

道の後　古波陀嬢子は
争はず　寝しくをしぞも
愛《うるは》しみ思ふ

はるばる召されてやってきた
おとめはわたしの恋を容《い》れ
争《あらが》わず寝るいとおしさ

また、吉野の国栖《くず》人らが、オホサザキノ命の佩《は》いていられる御刀を見て歌うには、

品陀《ほむだ》の　日の御子大雀《おほさざき》
大雀　佩《は》かせる大刀《たち》
本剣《もとつるぎ》　末振《すゑふ》ゆ
冬木如《の》す　枯《か》らが下樹《したき》の
さやさや

品陀の日の御子大雀
大雀命の佩き給う
諸刃《もろは》の剣の切先は
たとえば葉もない冬の木に　霜の真白く凍るよう
きらきらきらり冴《さ》えている

また、吉野の白檮生《かしふ》という所で、背の低い酒槽《さかぶね》を作り、その酒槽に酒を造って、その酒を献上する時に、舌鼓をうち、笑う伎《わざ》をして歌うには、

白檮《かし》の生《ふ》に　横臼《よくす》を作り
横臼に　醸《か》みし大御酒《おほみき》
甘《うま》らに　聞《きこ》しもち食《を》せ
まろが父《ち》

白檮の木蔭に酒槽《さかぶね》すえて
心こめ醸むその大御酒は
ほんに香もよい味もよい
たんと召しませ甘酒《うまざけ》を

この歌は、国栖人らが、朝廷に御酒を奉献する時に、ずっと今に至るまでうたう歌である。

この御代に、水産の事を管掌する海部《あまべ》、山林の山部《やまべ》、伊勢に伊勢部の諸部族をお定めになった。また、剣《つるぎ》(1)の池を作られた。また、新羅《しらぎ》人が来朝したが、これをタケウチノ宿禰ノ命が指揮して、堤や池を作る土木事業に従わせて、百済《くだら》(2)の池を作られた。また、百済の国王照古王が、牡《おす》馬一頭、牝《めす》馬一頭を阿知吉師《あちきし》に付けて献上した。この阿知吉師は、阿直史《あちきのふびと》らの祖先である。また、大刀と大鏡とを献じた。なお、百済の国に命じて、もし賢人がいたら差し出すようにとの仰せがあったので、その仰せを受けて差し出して来た人は、和邇吉師《わにきし》(3)という人で、論語十巻、千字文一巻、合わせて十一巻の書物をこの人に付けて献上してきた。この和邇吉師は、文首《ふみのおびと》らの祖先である。また、職人としては、鍛冶《かじ》工の卓素《たくそ》という者、機織人の西素《さいそ》という者、この二人を奉った。なお、秦造《はたのみやつこ》の祖先やら、漢直《あやのあたえ》の祖先やら、酒造りの巧者な仁番《にほ》、一名須須許《すすこ》理《り》という者などが来朝した。

この須須許理が酒を造って奉った時、天皇はこの献上の酒に、御心も浮き浮きと酔い給うて、お歌い遊ばした御歌は、

須須許理《すすこり》が醸《か》みし御酒《みき》に
われ酔《ゑ》ひにけり
事無酒《ことなぐし》　笑酒《ゑぐし》に
われ酔ひにけり

須須許理が造った酒に
わしは酔うたぞ
平安無事のうま酒に
わしは酔うたぞ

こう歌いながらお出ましになった時、御杖で、大坂(4)の道の中にあった大石をお打ちになると、その石が走って逃げて行った。だから、諺に「堅石も酔人を避ける」というのである。

(1)大和国高市郡白橿村大字石川。(2)大和国北葛城郡百済村。(3)日本書紀では、王仁。この時より文字が伝来したことになっている。(4)大和より河内に越える坂。

大山守命の乱

天皇崩御の後に、オホサザキノ命は、先帝の勅命通りに皇位をウヂノ若郎子《わきいらつこ》にお譲りになった。しかるにオホヤマモリノ命は、勅命にそむいて、なお皇位を得ようとの御野心から、弟命を殺そうというお心になられて、ひそかに軍兵をそろえて攻め滅ぼそうとされた。オホサザキノ命は、兄命が軍兵をそろえていられるということを耳にして、さっそく使をもってウヂノ若郎子にお知らせになった。ウヂノ若郎子は驚いて、兵を宇治川のほとりに伏せ、また、宇治山の上に絹幕を張り廻し天幕をあげて、そこに雑人《ぞうにん》を皇子のように仕立てて、敵方に見えるようにして椅子《いす》に倚《よ》らせておき、多くの官人たちの恭敬の動作進退の有様をもすべて皇子の御座所通りにさせ、それにまた、オホヤマモリノ命が川をお渡りになる時の御用意に、船や楫《かじ》をそろえて飾りつけ、また美男葛《びなんかずら》の根を臼《うす》で搗《つ》いて粘汁《ねばしる》を取り、それを船の中の簀子《すのこ》に塗って、簀子を踏むとすべりころげるように仕掛け、御自分は木綿の衣服と袴《はかま》で、全く下賤《げせん》の者の姿となって、楫を執って船に立たれた。

　オホヤマモリノ命は、これも、兵を伏せ、着物の下に鎧《よろい》を着て、川の岸から船に乗ろうとされる時、山上の立派に飾り立てた所を見やって、弟命がその椅子に掛けていられるものと思い込まれ、楫を執って船に立っている人の正体は全く知らずに、その楫執りにお尋ねになるには、

「この山に、怒り狂うた猪《いのしし》がいるとのことだが、わしはその猪を取ろうと思っている。どうだ、取れようかの、その猪は」

「それはできますまい」

と、楫執りが答える。

「なにゆえに」

「それは、時々所々で取ろうとしてみますが、うまく行かないのでございます。それで、お取りになることは、まずはむずかしかろうと申した次第でございます」

こう話し合いながら船を進められ、それが中流にさしかかった時、船を傾けて、水中に落し入れ給うた。オホヤマモリノ命は、それからいま一度、水面に浮び上がられたが、それなり、水のまにまに流されて行かれた。その、流れながらにお歌いになった歌は、

千早振《ちはやぶ》る　宇治の渡《わたり》に　　宇治の早瀬に棹執って
棹執《さをと》りに　速けむ人し　　速船こげる舟人は
わが許《もこ》に来《こ》む　　早く救いにここへ来い

川の岸に伏していた兵は、あちらこちら、いっせいに立って、弓に矢をつがえながら、命を追い流した。そこで、訶和羅《かわら》(1)崎に至って、ついにそのまま水中に没せられた。

水上から鉤《かぎ》でその沈まれたあたりを探ると、着物の下の鎧《よろい》に引っかかり、それがかわらと鳴った。だから、そこを訶和羅崎と呼ぶようになったのである。その御死骸《なきがら》を引き上げた時に、ウヂノ若郎子ノ皇子の御歌に、

千《ち》早人《はやびと》　宇治の渡に
渡瀬《わたりせ》に立てる　梓弓《あづさゆみ》檀弓《まゆみ》
射伐《いき》らむと　心は思《も》へど
射取らむと　心は思へど
本方《もとへ》は　君を思ひ出《で》
末方《すゑへ》は　妹《いも》を思ひ出
苛《いら》なけく　そこに思ひ出
かなしけく　ここに思ひ出
射伐らずぞ来る　梓弓檀弓

宇治の渡りの岸の辺《べ》に
生《お》える梓《あずさ》と檀《まゆみ》の木
その梓弓檀弓もて
射伐ろ射取ろと思えども
つくづく弓を見てあれば　本べは先考《ちち》を思い出《い》で
末べは妹らを思い出で
あれやこれやといらいらと
あれやこれやに悲しくて
ついに射らずに帰り来る

オホヤマモリノ命の御遺骸《いがい》は那良《なら》山に葬られた。このオホヤマモリノ命は、土形《ひじかたの》君、幣《へ》岐《きの》君、榛原《はりはらの》君らの祖先である。

（1）山城国綴喜郡田辺村大字河羅。

二皇子の皇位譲り合い

オホサザキノ命とウヂノ若郎子と、二皇子が皇位の継承をお互いにお譲り合いになっていられたころ、一人の海人《あま》が御貢物の鮮魚を献上した。兄命はそれを辞して弟命に献上せしめられ、弟命はまた兄命に奉らしめられた。そうして相譲っていられるうちに、幾日もたってしまったのみならず、そのお譲り合いが一、二度でないので、海人は往来《ゆきき》に疲れてとうとう泣き出した。だから、諺《ことわざ》に「海人なれや、おのが物から音《ね》泣《な》く（1）」というのである。

しかし、ウヂノ若郎子は、そのうちに御薨去《こうきょ》になった。それで、オホサザキノ命がやっと御即位になったのである。

（1）「藻《も》の幹根《からね》無く」の意をかけた諧謔《かいぎゃく》か。

天之日矛

この御代よりも昔に、新羅《しらぎ》の国王に、アメノヒボコという王子があった。この人がわが国に来朝したについて、こうした話がある。

新羅の国に一つの沼があって、その沼の名を阿具《あぐ》沼といった。ある時この沼のほとりに、一人の女が昼寝をしていた。すると、日の光が、虹《にじ》のように、その女の陰部に射《さ》しているのを一人の男が認めて、不思議のことに思い、その後、絶えずその女の様子をうかがっていた。

すると、この女は、昼寝をした時からみごもって、赤い玉を生んだ。うかがっていた男は、その玉をもらい受けて、平生は包んで腰に着けていた。

この男は、山峡《やまかい》に田を作っていたので、ある日、耕人たちの食物を牛につけて、山峡に入って行ったところが、たまたま、その国王の子のアメノヒボコに出会った。ヒボコはその男に、

「なんで、おまえは、食物を牛につけて谷に入って行くのか。きっと、おまえは、この牛を殺して食うつもりだろう」

と言って、そのまま、男を捕えて獄に入れようとした。男は、

「わたくしは、牛を殺そうなどとしているのではございませぬ。ただ、田で耕作している者の食物を運んでいるのでございまする」

と答えたが、どうしても許されないので、腰に着けている玉を、その王子に贈った。それによって王子は、やっとその男を許して、玉を受け取って帰り、それを床のかたわらに置くと、たちまちそれが美しい嬢子《おとめ》になった。アメノヒボコはその嬢子と結婚して、それをおのが正妻とした。

この妻は、いつも、いろいろと珍しいごちそうをこしらえては、夫にすすめていた。すると、ヒボコは心がおごってきて、やがてはその料理にも不平を言って妻をののしるようになった。そこで妻が、

「いったい、わたくしは、あなたの妻となるような女ではございません。わたくしは、もう父の国に帰って行きます」

と言って、こっそり小船に乗り、朝鮮を逃げ去って日本の難波《なにわ》に来てとどまられた。これが、難波の比売碁曽社《ひめごそ》(1)に鎮座のアカルヒメという神である。

アメノヒボコは、その妻の逃げたことを聞いて、あとを追いかけて来て、難波に着こうとする時、難波の渡《わたり》の神が、道をふさいで入れなかった。そこで、ヒボコは余儀

なく引き返して、但馬《たじま》の国に船を着けた。そしてその国にとどまって、但馬のマタヲの娘のマヘツミと結婚して生んだ子がタヂマモロスク、その子がタヂマヒネ、その子がタヂマヒナラキ、その子が、タヂマモリ(2)とタヂマヒタカとキヨヒコの三人である。このキヨヒコがタギマノメヒと結婚して生んだ子が、スガノモロヲ、妹スガカマユラドミである。タヂマヒタカがその姪《めい》のユラドミ(3)と結婚して生んだ子が、葛城《かずらき》のタカヌカヒメノ命で、これが、オキナガタラシヒメノ命の母君である。

アメノヒボコが持って来たものは、玉津宝《たまつたから》といって、珠紐《たまひも》二連、波を起すひれ、(4)波を収めるひれ、風を起すひれ、風を収めるひれ、奥津《おきつ》鏡、辺津《へつ》鏡、合わせて八種であった。これが、出石《いずし》に鎮座の八座の大神(5)であられる。

(1)今、不詳。(2)「非時の香木実」の条参照。(3)神功皇后。(4)上巻「大国主神の根の国行き」の注2参照。(5)但馬国出石郡神美村大字宮内、国幣中社出石神社。

秋山之下氷壮夫と春山之霞壮夫

この出石《いずし》の神の娘に、イヅシヲトメという神があった。多くの神々がこのイヅシヲトメを得ようとしたけれども、みな得ることができない。

ここに、二人の神があって、兄を秋山之下氷壮夫《あきやまのしたひおとこ》といい、弟を春山之霞壮夫《はるやまのかすみおとこ》といった。その兄が弟にいうには、

「わたしは、あのイヅシヲトメに結婚を申し込んだけれど、とうとうだめだったよ。どうだ、おまえは彼女を自分のものにすることができるかい」

「やすやすとわたくしのものにしてみせましょう」

弟は兄の言葉にこう答えた。

「ふん。もしおまえが成功したら、上下の衣服を脱いでおまえにやるよ。身のたけほどある瓶《かめ》に、酒も造ってやるよ。また、山川の食べ物をことごとくそろえてやる賭《か》けをしてもいい」

兄の言ったことを、弟は一切、母に告げた。すると母は、藤蔓《ふじづる》を採って、一夜のうちに、着物、袴《はかま》、襪《くつした》、沓《くつ》を織り縫い、また弓矢に至るまで藤で作って、その着物を着せ、その弓と矢を持たせて、嬢子《おとめ》の家にやったところが、その着物、弓、矢、ことごとくが藤の花となった。春山之霞壮夫は、その藤の花の弓と矢を嬢子の厠《かわや》にかけておいた。イヅシヲトメがその花をいぶかって持って行く時、霞壮夫はその嬢子のあとについて家の中に入り、そしてまんまと結婚した。そうして、二人の仲に一人の子さえ生れた。

「わたくしはイヅシヲトメと結婚しましたよ、兄さん」

と、弟は兄に言った。しかし、兄は弟が孃子を得たのを快からず思い、約束の賭け物を与えないので、母にこのことを訴えると、母は兄にむかって、

「わたしたちの世のことは、何事も神様の御所行に倣《なろ》うて、せねばなりませぬ。だのに、人間の所行に倣《なら》い、償うべきものを償わないおまえのやり方はいけません」

と言って、兄を憎んで、出石川の河中の竹で、目の荒い籠《かご》を作り、その川の石を取って、塩と合わせてその竹の葉に包み、詛《のろ》い言《ごと》を言わせるには、

「この竹の葉の青くなるように、この竹のしぼむように、青くなり、また、しぼめ。また、この塩の、満ち、また干るように、満ち、干よ。また、この石の沈むように、病に沈み臥《ふ》せよ」

こう詛わせて、それを竈《かまど》の上に置かせた。ために、兄は八年の間というもの、痩《や》せしぼみ、病み枯れてしまった。そこで泣き悲しんで、母に許しを請うたので、母ははじめてその詛い物を取りのけさせた。それでやっと、その身はもとのように快くなった。これが「神うれづく」といって、物を賭《か》けてする神聖な誓いを立てることの本《もと》である。

この応神天皇の皇子のワカヌケフタマタノ王が、その御母の妹のモモシキイロベ、

一名オトヒメマワカヒメノ命を娶してお生みになった御子は、大郎子《おおいらつこ》、一名オホホドノ王、次にオサカノオホナカツヒメノ命、タキノナカツヒメ、タミヤノナカツヒメ、フヂハラノコトフシノ郎女《いらつめ》、トリメノ王、サネノ王の七方である。オホホドノ王は三国君《みくにの》、波多君《はたの》、息長君《おきながの》、坂田の酒人君《さかひとの》、山道君《やまぢの》、筑紫の米多君《めたの》、布勢君《ふせの》らの祖先である。また、ネトリノ王が、庶妹《まま》のミハラノ郎女を娶してお生みになった御子は、ナカツヒコノ王、イワシマノ王のお二方である。また、カタシハノ王の御子はクヌノ王である。

この応神天皇は御年百三十歳で、甲午《きのえうま》の年九月九日に崩御、御陵は河内の恵賀《えが》の裳《も》伏《ふし》の岡にある。(1)

(1)河内国南河内郡古市村大字豊田、恵我藻伏崗陵と申す。

下　巻

仁徳天皇

オホサザキノ命は、難波《なにわ》の高津の宮に坐《おわ》しまして、天下をお治め遊ばされた。

この天皇は、葛城《かずらき》のソツビコの娘のイハノヒメノ命をお娶《め》しになって、大江のイザホワケノ命、(1)住吉《すみのえ》のナカツ王、(2)タヂヒノミヅハワケノ命、(3)ヲアサヅマノワクゴノ宿禰ノ命(4)の四方をお生みになった。また、上に言った日向の諸県《もろがたの》君牛諸《うしもろ》の娘カミナガヒメを娶して、ハタビノ大郎子《おおいらつこ》、一名オホクサカノ王と、ハタビノ若郎女《わきいらつめ》、一名ナガヒヒメノ命、またの名ワカクサカベノ命のお二方をお生みになった。

また、庶妹《まま》ヤタノ若郎女を娶し、また庶妹ウヂノ若郎女をお娶しになった。このお二方には御子はおわさない。この天皇の御子は合わせて六王で、男王五方、女王一方である。そのなかで、イザホワケノ命が御即位遊ばされた。ミヅハワケノ命、ヲアサヅマノワクゴノ宿禰ノ命も御即位遊ばされた。

この天皇の御代に、皇后イハノヒメノ命の御名代《みなしろ》として葛城部《かずらきべ》、皇太子《ひつぎのみこ》イザホワケノ命の御名代として壬生部《みぶべ》、ミヅハワケノ命の御名代として蝮部《たじひべ》、オホクサカノ王の御名代として大日下部《おおくさかべ》、ワカクサカベノ王の御名代として若日下部をお定めになった。

また、秦人《はたびと》(5)を使役して、茨田《まむだ》の堤、茨田の御料田をお作りになり、また丸邇《わに》の池、依網《よさみ》の池をもお作りになった。また、難波の堀江を掘って河水を海に通じ、また、小《お》椅《ばし》の江を掘ったり、住吉《すみのえ》の港をお定めになったりした。

(1)履中天皇。(2)(3)「墨江中王の乱」の条参照。(3)反正天皇。(4)允恭天皇。
(5)応神天皇の御代に帰化した部族で、土木に長じていた。

御仁政

ある時、天皇は高い山にお登り遊ばされ、四方の国々を見渡し給うて、

「国の中に煙が立ちのぼらず、人民はみな貧しく暮しているようじゃ。今から三年の間は、人民の課役(1)をすべて免除するように」

と仰せられた。このために、皇居は破損し、どこもかしこも雨漏りがちであるが、す

こしも修復などをおさせにならず、その漏る雨は、樋《とい》で受けたり、漏らない所に御座所を移したりなどして、その間をやっとお過し遊ばされた。

三年の後、国の中を御覧になると、煙がいっぱいに上がっていた。そこで人民が富んでいることをお知りになり、今は課役を命じてもよかろうと、その旨を仰せ出《いだ》し給うた。このために万民みな栄えて、課役に苦しまないようになった。それで、その御代をたたえて、聖帝の御代と申すのである。

(1)課は貢調物《みつぎもの》、役は労役。

石之日売命の御嫉妬

皇后のイハノヒメノ命は、非常に御嫉妬《しっと》深《ぶか》い方であらせられた。そのために、天皇のお召使い遊ばされる妃妾《みめ》たちは、皇居の中を窺《うかが》い見ることもできず、ちょっと変な様子でもお耳に入ると、足摩《あしず》りをして御嫉妬遊ばすのであった。

そのころ天皇は、吉備の海部直《あまべのあたえ》の娘クロヒメが美しいとお聞きになって、お召し寄せになり、お使い遊ばされた。けれどもクロヒメは、皇后の嫉妬を恐れて、故国の吉備の国に逃げ帰ってしまった。天皇は高殿から、クロヒメの船出するのをはるかにお

見送りになって、お歌い遊ばされた、その御歌は、

沖方《おきへ》には　小船《をぶね》連《つら》らく
もろざやの　まさづ子吾妹《わぎも》
国へ下らす

沖に小船の連なる中を
吉備のおとめの船が行く
ふるさと向けて帰り行く

皇后はこの御歌をお聞きになって、非常にお怒りになり、大浦に人をやって、クロヒメを船から追い降ろし、陸路を歩いて国に帰らしめ給うた。

天皇は、クロヒメを恋しく思し召されて、淡路島見物と皇后を欺いて行幸遊ばされた時に、淡路島から、はるばると御展望になって、お歌いになった、その御歌は、

おしてるや　難波《なには》の崎よ
出で立ちて　わが国見れば
淡《あは》島　淤能碁呂《おのごろ》(1)島
檳榔《あぢまさ》(2)の　島も見ゆ
佐気都《さけつ》(3)島見ゆ

難波の崎より船出して
はるかに国を見渡せば
島が見えるよ波の上
おのごろ島や淡島や
あじまさ島にさけつ島

淡路島から吉備の国に行幸遊ばされた。そこで、クロヒメは、その国の山方《やまがた》という地にお迎えして、御接待申し上げた。天皇は、クロヒメが御吸物の菘菜《あおな》を摘む所においでになって、お歌い遊ばされた、その御歌は、

山県《やまがた》に　蒔《ま》ける菘菜《あをな》も
吉備人《きびひと》と　共にし摘めば
楽《たぬ》しくもあるか

山の畑に蒔いた菜も
吉備のおとめと来て摘めば
心もたのし二人ゆえ

天皇がお帰りになる時に、クロヒメの奉った歌は、

倭方《やまとへ》に　西風《にし》吹き上げて
雲離れ　退《そ》き居りとも
われ忘れめや

大和に向いて西風が　吹いて離した雲の様に
離れて君が行ったとて
心は離れておりませぬ

また、

倭方《やまとへ》に　行くは誰《た》が夫《つま》　　ひそかに忍んでやってきて
隠水《こもりづ》の　下よ延《は》へつつ　　落葉の下行く水の様に
行くは誰が夫　　ひそかに大和に帰るのは　誰《だれ》が思いの夫でしょう

これより後のことであったが、ある時、皇后が豊明《とよのあかり》(4)の節会《せちえ》を行われる御用意に、御饌《みけ》を盛る三角柏《みつのがしわ》の葉を採りに、紀伊の国においで遊ばされた間に、天皇はヤタノ若《わき》郎女《いらつめ》(5)をお召しになった。ところが、皇后がその柏を船にいっぱい積んでお帰りになる時に、水取《もひとり》(6)の役所に使われている吉備の国の児島から出ている小者が、故郷に帰る途中、難波の近くで、皇后におくれていた蔵司《くらのつかさ》の女官の船と出会った。そこでその女官に、

「天皇は、このごろヤタノ若郎女をお召しになって、夜昼楽しんでおられますが、皇后は、そのことを御存じないのでございましょうな、のんきに出歩いたりしていらっしゃいますのは」

と語った。その蔵司の女官は、この話を聞いて、皇后の御船に追いつき、小者の語った一部始終を申し上げた。皇后は非常にお恨みになり、かつは怒らせられて、御船に

載せてあった三角柏を、一つも残らず海にお投げすてになった。だから、そこを御津《みつ》の崎(7)というのである。そうして、宮中へお帰りにはならないで、難波を避けて、堀江をさかのぼり、淀《よど》川を山城までお上りになった。この時にお歌いになるには、

つぎねふや　山城川を　　　山城川をゆらゆらと
川上り　わが上れば　　　のぼって行けば岸の上に
川の辺《べ》に　生《お》ひ立てる　　　生えて茂った烏草樹の木
烏草樹《さしぶ》を　烏草樹の木　　　茂る烏草樹のその下に
其《し》が下に　生ひ立てる　　　生えた椿の葉も広く
葉広《はびろ》　五百箇真椿《ゆつまつばき》　　　咲くその花も赤々と
其が花の　照り坐《いま》し　　　その花のようにかがやいて
其が葉の　広《ひろ》り坐すは　　　その葉のように大らかに
大君ろかも　　　わが大君のとうとさよ

山城から廻って、那良《なら》山の登り口に着いてお歌いになるには、

つぎねふや　山城川を
宮上り　わが上れば
青丹《あをに》よし　奈良を過ぎ
小楯《をだて》　倭《やまと》を過ぎ
わが見が欲《ほ》し国は
葛城《かづらき》高宮
我家《わぎへ》のあたり

山城川をゆらゆらと
のぼりのぼって奈良山の
山の口まで来て見れば
わたしの行きたいその国は
奈良のむこうの倭村
倭の村をまた過ぎて
葛城《かつらぎ》に坐《ま》す親の里

こうお歌いになって、また山城の方にお引返しになり、しばらくの間、筒木《つつき》(8)の韓人《からびと》のヌリノミの家に御滞在になった。

天皇は、皇后が山城から大和の方にお上りになったとお聞きになって、舎人《とねり》のトリヤマという者を使としてお差向けになった。その時の御歌は、

山城に　い及《し》け鳥山
い及け　い及け
我《あ》が愛《は》し妻《づま》に

急げ　鳥山
山城へ
わが愛し妻は山城ぞ

い及き会はむかも

追いかけ行って妻に会え

また、次に丸邇臣《わにの》クチコをおつかわしになって、

御室《みもろ》(9)　その高城《たかき》なる
大家子《おほゐこ》が原
大家子が原にある
肝向《きもむか》ふ　心をだにか
相思はずあらむ

御室の高城の大家子の
原にある名の池心《いけごころ》
その心さえ今は無く
そなたはそむいて避けるのか
思う心も消えたのか

また、

つぎねふ　山城女《やましろめ》の
小鍬《こくは》持ち　打ちし大根《おほね》
根白《ねじろ》の　白腕《しろただむき》
纏《ま》かずけばこそ

山城女が鍬持って
掘った大根の根のように
白いそなたの腕《かいな》取り
抱《いだ》いたこともなかったら

知らずとも言はめ　　　いまさら知らぬと言えもしよ

さて、このクチコノ臣《おみ》が、この御歌を皇后に申し上げるちょうどその折りは、大雨であった。しかし、その雨をも避けず殿前に平伏すると、皇后は裏戸の方にお出ましになり、後ろに廻れば前にお出ましになるのであった。そういうふうで、匍《は》い廻って、庭の中にひざまずいている時に、庭の水溜《みずたま》りが腰までも深く、クチコノ臣は赤い紐をつけた青摺《あおずり》の衣服を着けていたので、その水溜りの水が赤紐に触れて、青色もみな赤く染ってしまった。クチコノ臣の妹のクチヒメは皇后にお仕えしていたが、これを見て歌うには、

山城の　綴喜《つつき》の宮に　　　皇后さまに申し上げます
もの申す　あが兄《せ》の君は　　　わたしの兄の有様は
涙ぐましも　　　涙なしでは見れませぬ

皇后がそのわけをお尋ねになると、
「あれは、わたくしの兄の、クチコノ臣でございます」

と申し上げた。

ここに、クチコノ臣と、妹のクチヒメ、及びヌリノミの三人は、相談して、天皇にこう申し上げに人をやることとした。

「皇后様のおでまし遊ばしたのは、ヌリノミの飼っております虫で、一度は匍《は》う虫になり、一度は卵になり、一度は飛ぶ鳥となる、三いろに変る不思議な虫(10)がおります、この虫を御覧遊ばされようとて、皇后様はおいで遊ばされているのでございます。決して異心《ことごころ》あってのことではありませぬ」

「それは、不思議な虫だ。自分も見に行こう」

と天皇は仰せられて、皇居から御出で遊ばして、山城川を上り、ヌリノミの家にお入りになった時、ヌリノミは自分の飼っている、その三いろに変る虫を皇后に献上しておいた。そこで天皇は、皇后のおいで遊ばす殿の入口にお立ちになって、お歌い遊ばすには、

つぎねふ　山城女《やましろめ》の
小鍬《こくは》持ち　打ちし大根《おほね》
さわさわに　汝《な》が言へせこそ

山城女が小鍬持ち
掘れば大根の葉がさやぐ
さわさわざわざわ君がまた

うち渡す　彌《や》が栄《は》えなす　　嫉妬《しっと》騒ぎにこのように
来入り参来《まゐく》れ　　人をぞろぞろ連れてきた

右の、天皇と皇后とのお歌い遊ばされた六首の御歌は、「志都歌《しづうた》の返し歌」という楽名の歌である。

天皇が、ヤタノ若郎女をお慕いになって、お贈り遊ばされた御歌は、

八田《やた》の　一本菅《ひともとすげ》は　　八田の小菅《こすげ》はただひとり
子持たず　立ちか荒れなむ　　子もなく栄える時もなく
あたら菅原《すがはら》　　立枯《たちが》れ菅《すが》れか惜しいもの
言《こと》をこそ　菅原と言はめ　　口でこそ言う　菅原と
あたら清《すが》し女《め》　　心はいとしい清し女よ

ヤタノ若郎女のお答えの歌は、

八田の　一本菅は
独《ひと》り居りとも
大君し　よしと聞こさば
独り居りとも

八田の一本菅は子がなくて
独り寂しく居ろうとも
君さえよいとのたまえば
よしや独りで居ろうとも

ヤタノ若郎女は御子がなかったので、御名代《みなしろ》として八田部《やたべ》をお定めになった。

(1)(2)(3)不詳。(4)新嘗祭の翌日の賜宴。(5)ウヂノ若郎子の御妹。(6)中巻「神武天皇御東征」の条の注18参照。(7)高津の西の海辺。(8)山城国綴喜郡。(9)大和国南葛城郡三室。そこから、御所町の辺までを高城といった。大家子が原、池心、共に地名。皇后の御郷里の地にあたる。(10)蚕のこと。

速総別王と女鳥王

また、天皇は御弟のハヤブサワケノ王を仲に立てて、御異母妹のメドリノ王をお望みになったところが、メドリノ王は御使者のハヤブサワケノ王に、

「皇后様の御嫉妬《しっと》がお強いので、ヤタノ若郎女《わきいらつめ》も、思い通りにお召しになることも

できないのでございましょう。ですから、わたくしはお仕えいたしとうございません。そして、あなたの妃《きさき》にと、わたくしは思っております」

こうお語りになって、そして、すぐ御婚姻になってしまった。そこで、ハヤブサワケノ王は、それきり天皇に御返事を申し上げられなかった。天皇は、今度は直接にメドリノ王のいられる所においで遊ばして、その殿の戸の閾《しきい》の上にお立ちになると、メドリノ王は、機に上って御衣を織っていられた。天皇は御歌で、

女鳥《めどり》の　わが王《おほきみ》の　　女鳥の王《みこ》の織る機は
織《お》ろす機　誰《た》が料《たね》ろかも　　誰《だれ》に着せよと織る機か

とお尋ねになると、メドリノ王は答えて、

高行《たかゆ》くや　速総別《はやぶさわけ》の　　空高く飛ぶ隼《はやぶさ》の
御襲料《みおすひがね》　　王《みこ》が被《かつぎ》の帛《きぬ》を織る

これによって、天皇はメドリノ王の御心をおさとりになって、御還幸になった。

そのあとから、夫のハヤブサワケノ王がおいでになったが、メドリノ王は、

雲雀《ひばり》は　天《あめ》に翔《かけ》る
高行くや　速総別《はやぶさわけ》
鷦鷯《さざき》取らさね

雲雀は高く翔るゆえ
速総別よ　そこにいる
大きい鷦鷯を取り給え

とお歌いになった。天皇は、この歌がお耳に入り、直ちに軍兵《ぐんぴょう》をそろえて、殺そうとし給うたので、ハヤブサワケノ王とメドリノ王は、手を携えて逃げ出し、倉椅山《くらはし》(1)にお登りになった。その時、ハヤブサワケノ王がうたわれた歌は、

椅立《はしたて》の　倉椅《くらはし》山を
嶮《さが》しみと　岩掻《か》きかねて
わが手取らすも

嶮《けわ》し岩立つ倉椅の
山の岩根を登り得ず
われが手を取るいたわしさ

また、

椅立の　倉椅山は
嶮しけど
妹《いも》と登れば　嶮しくもあらず

山の岩根は嶮しいけれど
君が手を取り登るゆえ
切り立つ山も軽々と

そこからまた逃げて、宇陀《うだ》の曽邇《そに》(2)までお逃げになった時、ついに追手が捕えて殺し奉った。

その時の将軍、山部《やまべ》のオホタテノ連《むらじ》は、メドリノ王の御手に巻いていられた玉の腕輪を取って自分の妻に与えた。この後、宮中の御宴を行わせられた際、諸氏の人々の妻女たちが皆々参内した。この時、オホタテノ連の妻は、メドリノ王の玉の腕輪を自分の手に巻いて参内したのである。ところが、皇后イハノヒメノ命は、御自身にお杯を取って諸氏の妻女たちに賜わった時、オホタテノ連の妻の腕輪をお見知りになって、お杯を賜わらず、その席から引き下がらせて、夫のオホタテノ連を召し出され、

「あの王たちは、不敬のことがあったからお除きになったので、これは道理上あたりまえのことでしょう。けれども、そなたは、臣下の分際で、皇族の御手に巻かれていた玉の腕輪を、その御薨去《こうきょ》後、まだ御膚もあたたかい間に、よくも剝《は》ぎ取って来て、自分の妻に与えたりしたものですね」

こうお責めになって、死刑に処し給うた。

(1)大和国磯城郡多武峰村。(2)大和国宇陀郡曽爾村・御杖村。

雁の卵

ある時、天皇は御宴会を遊ばそうとして、日女島《ひめ》に行幸になった時、その島で雁《かり》が卵を産んでいた。そこでタケウチノ宿禰ノ命をお召しになって、御歌をもって、雁の卵を産んだいわれをお尋ねになった。

たまきはる　内《うち》の朝臣《あそ》
汝《な》こそは　世の長人《ながひと》
そらみつ　日本《やまと》の国に
雁卵産《かりこむ》と聞くや

タケウチノ宿禰は、また歌をもって、

命も長い建内《たけしうち》
聞くや　日本に雁卵産と
知るや　日本に雁卵産と

高光る　日の御子
うべしこそ　問ひ給へ
まこそに　問ひ給へ
我《あれ》こそは　世の長人
そらみつ　日本の国に
雁卵産と　いまだ聞かず

皇子《みこ》よ　よくこそ問い給う
まことによくこそきき給う
わたしはまれな長生きで
いろいろ聞いてもおりますが
日本の国で雁が卵《こ》を
産んだ話は聞きませぬ

こう語り申し上げて、御琴を拝借して、さらに歌うのであった。

汝《な》が御子や　つひに知らむと
雁は卵産《こむ》らし

わが皇子《みこ》の　御代を継ぐとて
その瑞祥《しるし》　雁の卵《こ》産《う》むか

これは「寿歌《ほぎうた》の片歌《かたうた》」である。

枯野

この御代に、兎寸《つき》川（1）の西方に一本の大木があって、その木の影は、朝日には淡路島まで届き、夕日には高安山（2）を越えた。この木を伐って船に作ったところが、非常に船足の速い船であって、人々はその船の名を枯野《からぬ》と附け、この船で、朝夕、淡路島の寒泉《しみず》を汲《く》んできて天皇の御料に奉り、船の破損した後は、それで塩を焼いた。また焼け残った木片で琴を作ってみたところ、その琴の音が七里《さと》にも聞えたという。それで、歌に、

枯野《からぬ》を　塩に焼き
其《し》が余り　琴に作り
搔《か》き弾《ひ》くや　由良《ゆら》の門《と》の
門中《となか》の海石《いくり》に　振れ立つ
浸漬《なづ》の木の　さやさや

枯野をもって塩を焼き
余りをもって琴作り
かき弾き鳴らせば由良の海峡《と》の
海峡中《となか》の石に浸木《ひたしぎ》も
揺れ当る音《ね》のさやけさよ

これは「静歌《しずうた》の返し歌」といっている。

この天皇は御年八十三歳で、丁卯《ひのとう》の年八月十五日に崩御、御陵は毛受《もず》の耳原にある。(3)

(1)不明。　(2)信貴山。　(3)和泉国泉北郡舳松村、百舌鳥耳原中陵と申す。

履中天皇

イザホワケノ命は、伊波礼《いわれ》の若桜の宮(1)に坐《いま》して、天下をお治め遊ばされた。

この天皇は、葛城のソツビコの子のアシタノ宿禰の娘クロヒメノ命を娶して、お生みになった御子は、イチノベノオシハノ王、(2)ミマノ王、アヲミノ郎女、一名イヒトヨノ郎女のお三方である。

(1)大和国磯城郡安倍村大字池内。　(2)「大長谷王と市辺之忍歯王」の条参照。

墨江中王の乱

天皇はもと難波の宮に坐したのであるが、大嘗祭《おおにえまつり》の御酒宴に、たいへんのお酔いようで、前後も知らず御熟睡になっていられた。この時、弟命のスミノエノナカツ王が、天皇を弑《しい》し奉ろうとして、皇居に火をつけられた。

倭 漢直《やまとのあやのあたえ》の祖先に当る阿知直《あちの》は、ひそかに天皇をお連れ出し奉り、御馬にお乗せ申して大和に御避難おさせ申し上げた。丹比野《たじひぬ》(1)に至ってはじめて、天皇はお目ざめになり、

「ここはどこじゃ」

と仰せられた。

「スミノエノナカツ王が、皇居に火をおつけになったのでござりまする。それで今、わたくしめが陛下をお連れ出し申して、大和に逃げて行く途中でござります」

と申し上げた。天皇はそこでお歌をよみ給うた。その御歌は、

丹比野《たぢひぬ》に　寝《ね》むと知りせば　　丹比野に　寝ると思えば
防薦《たつごも》も　持ちて来《こ》ましもの　　薦屛風《こもびょうぶ》　持ち来るものを
寝むと知りせば　　野に伏して　風の寒さよ

波邇賦《はにふ》坂(2)にお着きになって、難波の皇居をお望みになると、皇居の焼けている火が、まだ赤々と見えている。そこで、またお歌よみし給うには、

波邇賦《はにふ》坂　わが立ち見れば
かぎろひの　燃ゆる家群《いへむら》
妻が家のあたり

波邇賦の坂にわれ立ちて
見れば盛りと燃え上がる
妻が家あるそのあたり

すには、

大坂峠(3)の登り口までおいでになった時に、一人の女にお会いになった。その女が申すには、「刀や弓矢を持った人々が、大勢この山をふさいでおります。当岐麻《たぎま》道(4)から廻ってお越えになるがよろしゅうございましょう」

そこで、天皇はまた歌い給うて、

大坂に　遇《あ》ふや孃子《をとめ》を
道問へば　直《ただ》には告《の》らず
当岐麻路《たぎまぢ》を告る

大坂峠にさしかかり
会うたおとめの言う道は
近道でない当岐麻道

こうして大和にお入りになって、石上《いそのかみ》神宮に御滞留遊ばされることとなった。そこへ、弟命のミヅハワケノ命が参られて、参上の由を天皇に奏上せしめられた。天皇は、「わしは、そなたが、あるいはスミノエノナカツ王と心を合わせているのではないかと思っている。それゆえ、会うことはお断わりしよう」

「いや、わたくしには、さような悪心は毛頭ありません、そんな、あの王と心を合わせたりするような」

「それならば、今すぐ難波に帰って、スミノエノナカツ王を殺しておいでなさい。その時にこそ、必ず対面して話もいたそう」

という仰せを伝えしめられた。

そこでミヅハワケノ王は、直ちに難波に帰って、スミノエノナカツ王のお側《そば》近く仕えている隼人《はやと》のソバカリという者を欺いて、

「もしおまえが、わたしの言うことに従えば、わたしが天皇となり、おまえを大臣にして、天下を治めようと思うがどうじゃ」

「仰せに従いましょう」

と、ソバカリはお答え申した。そこでソバカリに、たくさんの品を賜わって、

「では、おまえの仕えている王を殺せ」

とお命じになった。ソバカリは、ナカツ王の厠《かわや》にお入りになっている時をうかがって、

矛《ほこ》で刺し殺してしまった。

かくて、ミヅハワケノ命は、ソバカリを連れて大和に上っておいでになる際、大坂峠の登り口でお考えになってみるには、ソバカリはいかにも自分のためには大功があるが、自分の主君を殺し奉ったというのは不義である。しかし、その功に報いるところがなければ、偽りを言ったことになる。もしまた、初めに約束した通り大臣にするとなれば、彼の心が恐ろしい。そうだ、彼の功には報いて、身は滅ぼしてやろう。こうお考えになって、ソバカリに向い、

「今日は、ここにとどまって、まず、そなたに大臣の位を授け、明日、大和に上ることにしよう」

と言って、その坂の登り口にとどまり、仮宮を造って、にわかに饗宴《きょうえん》を催し、この隼人に大臣の位を賜わり、うち並ぶ官人たちに拝せしめられた。ソバカリは喜んで、志がかなったと思っていた。

「今日は、大臣と一つ杯で飲もう」

ミヅハワケノ命はソバカリに言って、一つの杯でお飲みになる時、顔の隠れるほどの大杯に酒を盛って、まず命がお飲みになり、次にソバカリが飲む時に、大杯が顔を覆《おお》うた。そのすきに、敷物の下に隠しておかれた剣を取り出して、ソバカリの首を切

り落された。

そうして、その明日《あす》、大和に上っておいでになった。だから、その地を近飛鳥《ちかつあすか》(5)というのである。大和にお着きになると、

「今日はここにとどまって、祓禊《はらい》をしてから、明日《あす》参上して、神宮に天皇を拝することとしよう」

と仰せられた。だから、その地を遠飛鳥《とおつあすか》(6)というのである。翌日、石上神宮に参られて、

「仰せの通りに、しとげて参りました」

と奏上せしめられた。天皇は、そこで召し入れ給うて、はじめてお物語りし給い、また、功臣の阿知直《の》を、はじめて内蔵《うちくら》管掌の官に御任命になり、田地をも賜わった。

またこの御代に、若桜部臣《の》らに若桜部という名を、比売陀君《ひめだの》らに比売陀という姓を賜わった。また、伊波礼部《いわれ》を定め給うた。

この天皇は御年六十四歳で、壬申《みずのえさる》の年正月三日に崩御、御陵は毛受《もず》にある。(7)

(1)河内国南河内郡。　(2)河内国南河内郡埴生村より古市町への道にある。　(3)大和国北葛城郡下田村。　(4)大坂口より南、今、竹内峠。　(5)河内国南河内郡駒谷村大字飛鳥。　(6)大和国高市郡飛鳥村。　(7)和泉国泉北郡神石村大字上石津、百舌鳥耳原南陵と申す。

反正天皇

ミヅハワケノ命は、丹比《たじひ》の柴垣《しばがき》の宮(1)に坐して、天下をお治め遊ばされた。この天皇は、御身長九尺二寸五分、御歯は、長さ一寸、幅二分、上下等しく整うて、全く玉を連ねたようにお美しかった。

天皇は、丸邇《わに》のコゴトノ臣の娘ツヌノ郎女を娶してお生みになった御子は、カヒノ郎女、ツブラノ郎女のお二方、また同じ臣の娘のオトヒメを娶してお生みになった御子は、タカラノ王、タカベノ郎女。すべて合わせて四方である。

この天皇は御年六十歳で、丁丑《ひのとうし》の年七月に崩御、御陵は毛受野《もずの》にある。(2)

(1)河内国南河内郡松原村大字上田。　(2)和泉国泉北郡向井村大字中筋、百舌鳥耳原北陵と申す。

允恭天皇

ヲアサヅマワクゴノ宿禰ノ命は、遠飛鳥《とおつあすか》の宮に坐して、天下をお治め遊ばされた。

この天皇は、オホホドノ王の妹君オサカノオホナカツヒメノ命を娶してお生みになった御子は、キナシノカルノ王、(1)ナガタノ大郎女、サカヒノクロヒコノ王、(2)アナホノ命、(3)カルノ大郎女、一名ソトホシノ郎女(4)(御名を衣通王《そとおしのみこ》と申すのは、その御身の光が、御衣を通して出るほどであったからである)、ヤツリノシロヒコノ王、(5)オホハツセノ命、(6)タチバナノ大郎女、サカミノ郎女。すべてこの天皇の御子は九方で、男王五方、女王四方である。このなかで、アナホノ命が御即位になり、オホハツセノ命も御即位になった。

天皇は、初め皇位を御継承遊ばされる時、御辞退になって、

「わたしは久しく長引いた病気をしているので、皇位を継ぐというようなことはとてもできまい」

と仰せられたけれども、皇后をはじめ、諸臣が強《し》いてお願い申し上げたので、御即位遊ばされたのである。このころ、新羅《しらぎ》の国主が船八十一艘《そう》の貢物《みつぎもの》を奉った。この御調《みつぎ》の大使は、金波鎮漢紀武《こんはちんかんきむ》という人で、この人は薬方に深く通じていたので、天皇の御病気を御治療申し上げた。

天皇は、当時天下の職々の氏姓(7)が誤りみだれているのを憂え給うて、味白《あまか》檮《し》の言八《ことや》十《そ》禍日《まがつひ》の崎(8)に探湯《くかたち》(9)の釜を据え、天下の諸部族の氏姓をお調べになった。

また、キナシノカルノ太子《みこ》の御名代《みなしろ》として軽部《かるべ》を、皇后の御名代として刑部《おさかべ》を、皇

后の御妹タキノナカツヒメの御名代として河部《かわべ》を定め給うた。

この天皇は御年七十八歳で、甲午《きのえうま》の年正月十五日に崩御、御陵は河内の恵賀《えが》の長枝《ながえ》にある。(10)

(1)(3)(4)次条参照。(2)(5)(6)「大長谷王」の条参照。(7)氏は同一血族、姓は爵位。(8)大和国の地名。今、高市郡飛鳥村大字豊浦の地。(9)熱湯に手を入れしめ、正しい者はただれず、不正の者はただれるという神事裁判。(10)河内国南河内郡道明寺村大字国府、恵我長野北陵と申す。

軽太子と衣通王

天皇崩御の後、キナシノカルノ太子が皇位におつきになることに決していたのに、まだ御即位に至らぬうちに、その御同母妹のカルノ大郎女と通じ給うて、お歌よみになるには、

足引の　山田を作り　　山田作れば高いゆえ
山高み　下樋《したび》を走《わし》せ　　下樋渡して水をやる

下娉《したど》ひに　わが娉ふ妹《いも》を
下泣きに　わが泣く妻を
今日《こぞ》こそは　安く肌触《はだふ》れ

その下樋行く水の様に　隠れ通うたわが妻を
忍んで泣いたわが妻を
今日こそ肌に触れて抱く

これは「後挙歌《しらげ》」である。また、

笹葉《ささば》に　打つや霰《あられ》の
たしだしに　率寝《ゐね》てむ後は
人議《はか》ゆとも
愛《うるは》しと　さ寝しさ寝てば
刈薦《かりごも》の　乱れば乱れ
さ寝しさ寝てば

笹葉に霰が音立てて
降って打つ様にしっかりと
抱き寝たあとは人言《ひとごと》が　何とうるさくあろうとも
きみとほんとに寝たあとは
情《こころ》がたとい刈薦と　乱れようともかまわない
ほんとにきみと寝た上は

これは「夷振《ひなぶり》の上歌《あげうた》」である。

これによって、百官をはじめとして、天下の人民はカルノ太子から心が離れて、アナホノ皇子に附いた。カルノ太子はこれを恐れて、オホマヘヲマヘノ宿禰ノ大臣《おおおみ》の家に逃げ込んで、武具を作られた。その時に作られた矢は、その鏃《やじり》を銅にしてあり、太子の御名によって軽箭《かるや》という。アナホノ皇子も武具を作られた。この皇子のお作りになった矢は、今時まで用いている矢で、それを穴穂箭《あなほや》というのである。アナホノ皇子はいよいよ軍兵を起して、オホマヘヲマヘノ宿禰の家をお囲みになり、宿禰の門に至られた時に、雹《ひょう》が盛んに降ってきた。それでお歌いになるには、

大前小前宿禰《おほまへをまへすくね》が　金門陰《かなとかげ》
かく寄り来《こ》ね　雨立ちやめむ

大前小前の宿禰らの　金門の陰に雨よけよ
雨もそのうちやむだろう

すると、そのオホマヘヲマヘノ宿禰は、手を挙《あ》げ、膝《ひざ》を打ち、舞楽して歌いつつ、皇子のもとにやってきた。その歌は、

宮人の　足結《あゆひ》の小鈴
落ちにきと　宮人とよむ
里人もゆめ

宮人たちがわが門に　騒いでいるのは足結《あしゆい》の
鈴が落ちたと騒ぐのだ
近くの里の人どもも　決して騒ぐに及ばない

この歌は「宮人振《みやびとぶり》」である。

こう歌いつつ出て来て、アナホノ皇子に申し上げるには、

「アナホノ皇子様、お兄皇子様をお攻め遊ばしまするな。もしお攻めになりますれば、必ずひとが笑いましょう。それよりも、わたくしがお捕え申してまいりますから」

それで、アナホノ皇子は軍を解いてお退きになった。オホマヘヲマヘノ宿禰は、カルノ太子をお捕え申し、お連れしてアナホノ皇子のもとに参った。太子は捕えられてお歌い遊ばすには、

天飛《あまだ》む　軽の嬢子《をとめ》
甚泣《いた》かば　人知りぬべし
波佐《はさ》の山の　鳩《はと》の
下泣きに泣く

軽のおとめよ　そのように
君が泣く声高いゆえ　二人の仲を人が知る
波佐の山の鳩の様に
声を立てずに泣きなさい

また、

天飛《あまだ》む　軽嬢子《かるをとめ》
したたにも　寄り寝て通れ
軽嬢子ども

軽のおとめよ　人陰に
隠れ忍んで行きなさい
涙が人に知れぬ様に

カルノ太子は、伊予の温泉にお流されになった。流され給うた時の御歌は、

天飛《あまと》ぶ　鳥も使ぞ
鶴《たづ》が音《ね》の　聞えむ時は
わが名問はさね

大空翔《かけ》る鳥さえも　二人の使となりましょう
鶴《つる》の鳴く音を聞いたらば
尋ねて下さい　わたくしを

この三首は「天田《あまだ》振《ぶり》」である。また、

王《おほきみ》を　島に放《はふ》らば
船余《ふなあま》り　い帰り来むぞ
わが畳ゆめ
言《こと》をこそ　畳と言はめ

王であるこのわれを　島に流さばこの船の
帰りの時にまた乗って　都に帰ってきて見せる
わが敷きなれた畳をば　ゆめ汚《よご》したりせぬように
口こそ畳と言うけれど

わが妻はゆめ

ゆめゆめ許さぬ　わが妻も

この歌は「夷振《ひなぶり》の片下ろし」である。

ソトホシノ皇女《ひめみこ》も(1)、太子に御歌を奉って、

夏草の　相寝《あひね》の浜の
蠣貝《かきがひ》に　足踏ますな
明かして通れ

夏草青く茂ってた　浜べに忍んで寝たことが
二人の仲を裂きました　石に隠れた蠣貝に
足を切ったりせぬように　道はよく見て行きなさい

後にまた、恋しさに堪えかねて、太子のおあとを追うて行かれる時、

君が行き　日長《けなが》くなりぬ
山たづの　迎へを行かむ
待つには待たじ

太子が島に行ってから　長い月日がたちました
もうこの上はじっとして
帰りを待ってはいられない

この山たづというのは、今の造木《たつげ》である。

こうして追うておいでになった時、太子はそれを迎えて、懐《なつか》しさのあまり、

隠国《こもりく》の　泊瀬《はつせ》の山の
大峡《おほを》には　幡《はた》張り立て
さ小峡《をを》には　幡張り立て
大峡にし　汝《な》が定める
思ひ妻あはれ
槻弓《つくゆみ》の　伏《こや》る伏《こや》りも
梓弓《あづさゆみ》　立てり立てりも
後も取り見る
思ひ妻あはれ

死ねば埋《うず》まる泊瀬《はせ》山の
大峡《おおお》に幡を張り立てて
小峡《こお》にも幡を張り立てて
その二つある墓所のうち　死ねば共にと大峡をば
定め選んで死をきめて　ここまで尋ねて来た妻よ
はるばる荒い波越えて
槻《つき》の木弓の伏すように　梓の弓の立つように
あまたの月日を起き伏して
会いに尋ねて来た妻よ

また、

隠国《こもりく》の　泊瀬《はつせ》の川の
上《かみ》つ瀬に　斎杙《いくひ》を打ち

泊瀬の川の上と下
祈りの杙を打ち立てて

下《しも》つ瀬に　真杙《まくひ》を打ち
斎杙には　鏡をかけ
真杙には　真玉をかけ
真玉なす　あが思《も》ふ妹《いも》
鏡なす　あが思ふ妻
ありと言はばこそに
家にも行かめ　国をも偲《しぬ》ばめ

上瀬の杙には鏡かけ　下瀬の杙には玉をかけ
われを祈りしその玉や　鏡がきらきら照るように
かがやくばかり美しい
わが恋い妻のあればこそ
家をも故郷《さと》をも慕うたが
こうして君といる上は
家も故郷もあるものか

こう歌って、御一緒に自殺を遂げられたのであった。右の二首は「読歌《よみうた》」である。

(1)軽大郎女の御別名。

安康天皇

アナホノ皇子は、石上《いそのかみ》の穴穂の宮(1)に坐して、天下をお治め遊ばされた。天皇は、御弟のオホハツセノ王のために、坂本臣《の》らの祖先の根臣《の》を、オホクサカノ王のおんもとにつかわされて、

「あなたの妹のワカクサカノ王を、オホハツセノ王に娶《めあ》わせようと思うから、差し出して下さい」

と、仰せを伝えさせ給うた。オホクサカノ王は、四たび拝して申されるには、

「あるいは、このような大命もあるかも知れぬと存じておりましたので、外にも出さぬようにして育てておきました。この仰せはまことにかたじけのう存じます。よろこんで仰せの通りに差し上げまするとお伝え下さい」

しかし、言葉で申し上げるのは礼にかなわないと考えられて、その妹君からの御礼の御贈物として、玉の髪飾りを御献上申された。ところが、根臣《ねのおみ》はその御贈物の玉飾りを途中で盗み取り、オホクサカノ王のことを讒言《ざんげん》して、

「オホクサカノ王は、仰せをお受けにならずに、御妹を同等族の者の下にするかとて、大刀《たち》の柄《つか》に手をかけてお憤りでございました」

と申し上げた。天皇は非常にお怒りになって、オホクサカノ王を殺し、王の正妃《せいひ》のナガタノ大郎女を捕えて来て、皇后となし給うた。

その後、天皇が御床にいて昼寝していい給うた。そして皇后とお語らいし給うて、

「そなたは何か心にかかることはないか」

「いいえ、天皇に厚い御寵愛《ちょうあい》をこうむっておりますので、何の心にかかることなど

がございましょう」

こう話してい給う時、皇后の先の御子のマヨワノ王が、七歳におなりになっていたが、ちょうどその時、御殿の下で遊んでいられた。天皇はそのことを知らずに、皇后に、

「わしは、いつも気にかかることがある。何かというと、そなたの子のマヨワノ王が、成人してから、わしが父の王を殺したことを知ったならば、復讐心《ふくしゅうしん》を起しはしないかということだ」

マヨワノ王はこの言葉を聞いて、天皇のおやすみになっているのをうかがって、そのおそばにあった太刀を執って、天皇の御首を切り、ツブラオホミの家に逃げ込まれた。

天皇は、時に御年五十六歳であらせられ、御陵は菅原《すがわら》の伏見《ふしみ》の岡にある。[2]

(1)大和国山辺郡山辺村大字田村。　(2)大和国生駒郡伏見村大字宝来、菅原伏見西陵と申す。

大長谷王

この時、オホハツセノ王は、まだ童形の御髪を垂《た》れておいでになったが、このことをお聞きになって、悲憤のあまり、御兄のクロヒコノ王のおんもとに行き、

「ひとが、天皇を弑《しい》し奉りましたぞ。どうなされます」

と申された。しかるに、クロヒコノ王はお驚きにもならないで、気のない御様子であった。オホハツセノ王は、兄君をののしって、

「一つには天皇であらせられ、一つには兄弟であらせられるのに、なんという頼《たよ》りない御態度です。ひとが兄君を殺し奉ったことを聞きながら、驚きもしないで、いいかげんに考えていられるとは」

と言って、その襟首《えりくび》をつかんで引き出し、刀を抜いて、そのまま打ち殺してしまわれた。

また、御兄のシロヒコノ王のおんもとに行かれて、前のように申されると、やはりクロヒコノ王のように、おろそかな御気振《けぶり》であった。そこで襟首をつかんで、これも引きずり出し、小治田《おはりだ》に至って、穴を掘り、立ったままに埋められたので、腰まで埋められた時、両眼が走り抜けてそのまま死んでしまわれた。

それから軍兵を集めて、ツブラオホミの家をお囲みになった。ツブラオホミも軍兵をそろえて応戦し、その射出す矢は、葦《あし》の花の散り飛ぶようであった。オホハツセノ

王は、矛《ほこ》を御杖《つえ》にして、その邸内に向って、

「わたしが語らっている嬢子《むすめ》は、この家に居はせぬか」

と、声をかけられた。ツブラオホミはこの仰せを聞いて、みずから出て来て、帯びている武具を解き、八度拝して、

「先にお契り遊ばしました娘カラヒメはお仕え申させましょう。また五カ所の田地を添えて差し上げまする。しかしながら、娘みずからここに出て参りませぬのは、(1)昔から今に至るまで、臣下が王子《みこ》の御殿などに隠れて、御庇護《ひご》を受けるということは聞いてもおりまするが、まだ、王子が臣下の家にお隠れ遊ばすということは、聞いたことがありませぬ。これによって考えまするに、わたくしめは、たとい力を尽して戦いましても、決してお勝ち申すことはできますまい。しかしながら、わたくしを頼って、わたくしめの家にお入り遊ばしました王子は、命にかけてもお見捨てはいたしませぬ」

こう申し上げて、また武具を取り、家に入って戦った。

ここに五カ所の田地というのは、今の葛城《かつらぎ》の御苑《みその》に使われる部民五カ村のことである。

かくて、力も尽き、矢もまた尽きたので、マヨワノ王に、

「わたくしめはこの通りの手傷を負い、矢も尽きました。もはや戦うことはできませぬ。いかようにいたしましょう」

王子は、

「それでは、もはや、しようにも術《すべ》がない。この上は、わたしをここで殺してくれ」

こうお答えになった。そこで、大刀で王子をお刺し申し、自分も首を切って死んだ。

（1）ここに言う「出て参らぬわけ」というのは、明らかでない。

大長谷王と市辺之忍歯王

これより後のことである。近江の佐佐紀《ささき》の山君《の》の祖先カラブクロというものが、オホハツセノ王に、

「近江の久多綿《くたわた》の蚊屋野《かや》(1)に、猪《いのしし》や鹿《しか》などが多くおります。その立っている足は薄原《すすきはら》の如く、頭にささげた角は枯れ松のようでございます」

と申し上げた。オホハツセノ王は、イチノベノオシハノ王を誘い合わせて、その野においでになった。そして別々に仮宮を作ってお宿りになった。

翌朝早く、まだ日も出ぬうちに、オシハノ王は別に何の御心もなく、御馬に召され

ながら、オホハツセノ王の仮宮のそばにきて馬を留め、オホハツセノ王の供人に、

「まだお目ざめにならぬと見えるのう。早く申し上げるがよいぞ、夜はもう明けきっているから、猟場においでになるようにって」

と言って、馬を進めて行かれた。ところが、そのオホハツセノ王の供人どもは、

「オシハノ王は、いらぬことに人のことを世話焼いたりなさる方でございますから、ちょっと御用心なさるがよろしゅうございますよ。御身支度《みじたく》も堅くしておいでなさりませ」

と申し上げた。そこで、御衣の下に鎧《よろい》を着、弓矢を執り持って、御馬に乗ってお出かけになり、すぐに追いついて馬を並べて進まれながら、いきなり矢を抜いてオシハノ王を射落とし、またその御身を切って、馬の飼桶《かいおけ》に入れて穴に埋め、その上を平地なみにならしてしまわれた。

イチノベノ王の王子のオホケノ王とヲケノ王のお二方は、この変事をお聞きになり、直ちにお逃げ去りになった。そして、山城の苅羽井《かりはい》(2)まで逃げのびられ、お食事をとっていられると、黥刑《いれずみ》(3)を受けている老人が来て、そのお食べ物を奪い取った。

「食べ物は惜しまないが、そなたはだれだ」

と、王子はお尋ねになった。

「わしは、山城で御料の猪を飼う者じゃ」

二王子はそこで、玖須婆《くすば》(4)の川を逃げ渡って、播磨《はりま》の国に至り、その国のシジムという者の家に入って、素姓を包んで、馬飼牛飼の童《わらべ》として使われ給うこととなった。

(1)不詳。(2)山城国綴喜郡大住村。(3)罪人の目のあたりを刻して墨を入れる刑。
(4)「三道征討使」の条参照。

雄略天皇

オオハツセワカタケノ命は、長谷《はつせ》の朝倉の宮(1)に坐して、天下をお治め遊ばされた。

この天皇は、オオクサカノ王の妹のワカクサカベノ王を娶されたが、御子なく、また、ツブラオオミの娘カラヒメを娶してお生みになった御子は、シラガノ命(2)、妹《いも》ワカタラシヒメノ命のお二方である。そして、シラガノ太子《ひつぎのみこ》の御名代《みなしろ》として、白髪部《しらがべ》を定められ、また、長谷《はつせ》部の舎人《とねり》、河瀬《かわせ》の舎人を定められた。この御代に、呉人《くれびと》(3)が来朝し、その呉人を呉原《くれはら》(4)にお置きになった。だから、その地を呉原というようになったのである。

(1)大和国磯城郡朝倉村。(2)清寧天皇。(3)南方支那人。(4)大和国高市郡坂合村大字栗原。

若日下部王

初め皇后が、まだ河内《かわち》の日下《くさか》(1)においでになった時、天皇は、日下への近道を通って河内へおいで遊ばされた。この時、山上にお登りになって、国内を御観望になると、堅魚木《かつおぎ》をあげて造った家がある。天皇は、

「あの堅魚木をあげて造ってある家はだれの家か」

とお尋ねになった。

「志幾《しき》(2)の大県主《おおあがたぬし》の家でござりまする」

「下郎めが、おのれの家を、天皇の御殿に似せて造りおるか。焼いてしまえ」

と、直ちに人をおつかわしになった。大県主は恐懼《きょうく》して、平謝《ひらあやま》りに謝りながら、

「無知な下郎の分際でござりまするゆえ、何も存じませずに、過《あやま》って造っておりました。恐れ入りましてござりまする」

と申して、謝罪の献上物として、白犬に布を着せ鈴をつけて、その一族のコシハキというものに、犬の綱を執らせて献上した。そこで、火をつけることはおやめになった。

それから、ワカクサカベノ王の家においでになり、その犬を贈物として賜わって、

「この犬は、今日、途中で得た珍しい物です。それで、結納としてお贈り申します」

と伝えさせられた。ワカクサカベノ王は、

「日に背を向けて、わざわざこの河内の国へおいで遊ばされましたのは、まことに恐れ多いことでございます。わたくしがみずから、直々《じきじき》に参りまして、お仕え申し上げます」

と奏せしめられた。そこで、皇居にお帰りになる時に、また先の坂の上にお立ちになって、歌い給うには、

日下部《くさかべ》の　此方《こち》の山と
畳薦《たたみこも》　平群《へぐり》の山(3)の
此方此方《こちごち》の　山の峡《かひ》に
立ち栄《ざか》ゆる　葉広熊白檮《はびろくまかし》
本《もと》には　いくみ竹生《お》ひ
末方《すゑへ》には　たしみ竹生ひ
いくみ竹　いくみは寝《ね》ず

日下の山と平群山
その山峡に立ち茂る
葉広の白檮の下手《しもて》には
いくみ合い竹が生い立って
上手《かみ》もしかと茂り竹
この竹の様にこのたびは
手くみかわして寝ることも

たしみ竹　確《たし》には率寝《ゐね》ず　しかとはせずに帰るとも
後《のち》もくみ寝む　その思ひ妻　後にはしかと恋い妻を
あはれ　抱き寝ることもできるだろ

そして、この御歌を持たせて、使をお返しになった。

(1)河内国中河内郡日根市村大字日下。(2)河内国の南河内、中河内両郡にかけての地で、天津彦根命の子孫が大県主となっている。(3)中巻「倭建命」の条参照。

赤猪子

またある時、天皇は、御旅行に美和《みわ》川(1)においでになると、その折り、川のところで衣を洗っている少女がある。たいそう美しい少女で、

「そなたはだれの子か」

とお尋ねになると、

「わたくしの名は、引田部《ひけたべ》のアカキコと申します」

と申し上げた。そこで、

「そなたは、嫁《とつ》がないでいなさい。京に帰ったらすぐに召すことにするから」
とお伝えさせになって、御還幸になった。

アカキコは天皇のお召しをお待ちして、八十年を経た。ここに、アカキコは、心の中に、「お召しをお待ちしているうちに、もう長い年月が過ぎてしまって、顔もからだもやせしぼんで、もはやお召しを頼んでいてもむだである。けれども、お待ちしていた心をお知らせ申し上げないでいるのも、あまりにさびしいことである」――こう考えて、多くの献上物を整えて参内して奉った。しかし天皇は、先に仰せられたことを、とっくにお忘れになって、

「そなたは何という老女《ばば》かの。また、何の用事で参内したのだね」

とお尋ねになるのであった。

「これこれの年の、これこれの月に陛下の仰せをこうむりましてから、今日までお召しをお待ち申しておりましたが、はや八十年もたって、もう今では、顔かたちも全く老いぼれ、お召しをいただく望みも絶えはてたとは存じましたけれども、わたくしの、お待ち申し上げておりました心だけでもお知らせ申し上げたいと存じまして、参内いたしましたのでございます」

と申し上げた。天皇は、非常にお驚きになって、

「わしは、全くその時のことを忘れていた。しかるに、そなたは、操を守って、わしの言葉を待って、むなしく女の盛りを過ごしてしまったのは、まことに気の毒なことであった」
と仰せられて、心に婚《め》したくお思いにはなったが、非常な老年であるのをおばばかりになって、お婚しにはならずに、御歌を賜わった。

御室《みもろ》の　厳白檮《いつかし》がもと
白檮がもと　忌々《ゆゆ》しきかも
白檮原嬢子《をとめ》

御室の社の神木の
白檮は畏《かしこ》み守るもの
破ってならぬ約束を　忘れてしまって気の毒な

また、

引田《ひけた》の　若栗栖原《わかくるすばら》
若くへに　率寝《ゐね》てましもの
老いにけるかも

そなたの在所の栗林　若木が多いというけれど
その若い日にそなたをば
婚《め》したいものを　老いはてて

そこで、アカキコの泣く涙は、その着ている丹染《にぞ》めの袖《そで》もぬれ通るほどであった。
アカキコがお答えした歌は、

御室《みもろ》に　築《つ》くや玉垣
築き余し　誰《た》にかも寄らむ
神の宮人

御室の神の神主が　年ごろ仕えて来たように
年ごろ守ってきた上は
いまさら誰《だれ》に仕えましょう

また、

日下江《くさかえ》の　入江の蓮《はちす》
花蓮　身の盛り人
羨《とも》しきろかも

日下の入江に咲き盛る
蓮のような若人《わこうど》の
花の歳《とし》こそうらやまし

そこで、この老女に、物をたくさんに賜わってお帰しになった。右の四首の歌は「静歌《しずうた》」である。

(1)初瀬川の下流で三輪山のあたり。

吉野の童女

天皇が、吉野の宮に行幸遊ばされた時、吉野川のほとりで、少女にお会いになった。美しい少女であったので、この少女を召しつれて御還幸になった。その後また吉野に行幸のみぎり、その少女にお会い遊ばした所におとどまりになって、御椅子《いす》を据《す》えさせてそれにお倚《よ》りになり、琴を弾き給うて、その少女に舞を御所望になった。少女は、よく舞うた。そこで、

呉床居《あぐらゐ》の　神の御手もち
弾く琴に　舞する女《をみな》
常世《とこよ》にもがも

呉床にわが居て琴ひけば
立ち舞うおとめよ　永久《とわ》にあれ
花のおとめよ　永久にあれ

と、御歌をおよみになった。

蜻蛉の忠義

阿岐豆《あきづ》野(1)に行幸遊ばされて、御狩し給う時に、天皇が御椅子に倚っていられるところへ、虻《あぶ》が来て天皇の御腕にくいついたのを、蜻蛉《あきづ》が来てその虻をくって飛び去った。ここに御歌よみし給うには、

み吉野の　袁牟漏《をむろ》が岳に
猪鹿《しし》伏すと　たれぞ大前に奏《まを》す
やすみしし　わが大君の
猪鹿待つと　呉床《あぐら》に坐《いま》し
白妙《しろたへ》の　袖着《そでき》具《そな》ふ
手腓《たこむら》に　虻搔《あむか》きつき
その虻を　蜻蛉早咋《あきづはやぐ》ひ
かくのごと　名に負はむと
そらみつ　倭《やまと》の国を

吉野の奥の袁牟漏岳
いのししや鹿が多いと
お誘いしたのは何者じゃ
呉床に坐《ま》して猪鹿《ししか》の
出てくるやつを待っていりゃ
虻《あぶ》が飛びつき手腓に　食いつくところを飛びついて
蜻蛉《とんぼ》がぱくっと食い殺す
これは蜻蛉が国の名を　自分の名にして仕えようと
忠義を尽したものだろう

蜻蛉島《あきづしま》とふ

「あきつしま」とはそれゆえに　日本の国に名付ける
のじゃ

だから、その時から、その野を阿岐豆野というのである。

(1)大和国吉野郡国樔村大字宮滝の地か。

葛城山の大猪

またある時、天皇は葛城《かつらぎ》山(1)の上にお登りになった。すると、大きな猪《いのしし》がとび出してきた。天皇は見るより早く、鳴鏑矢《なりかぶらや》で射給うたところが、猪は怒って、唸《うな》り寄ってくる。天皇はその怒号に恐れて、榛《はん》の木の上によじ登っておいでになった。そして、

やすみしし　わが大君の
遊ばしし　猪《しし》の
病猪《やみしし》の　唸《うた》き畏《かしこ》み
わが逃げ登りし

わが大君が射止めたる
手負いの猪が荒れ狂い
唸《うな》りをあげて飛びかかる
幸いこれなる丘の上の

榛《はん》の枝へと逃げ登る
　　在丘《ありを》の　榛《はり》の木の枝

と、御歌よみし給うた。
(1)大和と河内の境。

一言主神の出現

またある時、天皇が葛城山にお登りになった際、供奉《ぐぶ》の百官たちは、皆、赤紐《あかひも》を着けた青染めの衣を着ていた。その時、向うの山裾《やますそ》から、山上さして登る人がある。見ると、天皇の御行列と全く等しく、その装束も、供奉の人々も、相似ていて、区別もつかないのであった。天皇はこれをはるかに御覧になって、

「この日本の国には、わしのほかには天皇はないのに、今、だれが、かような行列をなして行くのじゃ」

と、人をやって問わしめられた。すると、その答えまでが、天皇のお言葉と同様であった。

天皇は、大いに怒り給うて、弓に矢をつがえ給い、百官もことごとく矢をつがえる

と、向うの人々もみな矢をつがえる。そこで、天皇は、重ねてお問いになった。

「しからば、名を承ろう。互いに名を名乗って、矢を放とう」

「では、わしの方が先に問われたから、先に名乗ろう。わしは、吉事《よごと》も一言《ひとこと》、凶事《まがごと》も一言で決定し、言い分ける神で、葛城《かずらき》の一言主大神《ひとことぬしのおおかみ》じゃ」

「それは、恐れ多いことでありました。不覚にも、大神の御現身《うつしみ》であらせられようとは存じませずに」

天皇は恐れ入って、御刀、弓矢を初め、百官の着ている着物を脱がせて、拝してお贈りになった。一言主《ひとことぬし》の大神は、御手を拍《う》って、その献上の物をお受けになった。

そうして、天皇の御還幸の際には、大神は山を下って、長谷《はつせ》の山の口までお送り申し上げられた。この一言主《ひとことぬし》の大神は、その時に御顕《あらわ》れになったのである。

金鉏の岡

また、天皇が、丸邇《わに》のサツキノ臣の娘ヲドヒメを婚《め》しに、春日《かすが》に行幸遊ばされた際、道にお会いになった少女が、御行列を見て、岡に逃げ隠れてしまった。そこで、天皇は御歌よみ遊ばした。その御歌は、

嬢子《をとめ》の　い隠る岡を
金鉏《かなすき》も　五百箇《いほち》もがも
鉏《す》き撥《は》ぬるもの

おとめの隠れたその岡を
五百も鉏を持ってきて
掘って返してさがし出そ

だから、その岡を金鉏の岡(1)というのである。

(1)不明。

三重の采女

また、天皇が、長谷《はつせ》の百枝槻《ももえつき》の木の下で、御饗宴《きょうえん》をなし給うた時、伊勢の国の三重から参っている采女《うねめ》(1)が、お杯を捧げ持って奉った。ところが、槻の木の葉が落ちてそのお杯に浮んだ。采女はそれを知らず、そのままに奉ったのを、天皇はその葉を御覧遊ばされて、その采女を打ち伏せ、御刀をその首にさし当てて切ろうとし給うた時に、采女が、

「お待ち下さいまし、申し上げたいことがございます」

と言って、

纏向《まきむく》の　日代《ひしろ》の宮は
朝日の　日照る宮
夕日の　日陰る宮
竹の根の　根足《ねだ》る宮
木の根の　根蔓《ねば》ふ宮
八百土《やほに》よし　い築《きづ》きの宮
真木《まき》さく　檜《ひ》の御門《みかど》
新嘗屋《にひなへや》に　生《お》ひ立てる
百足《ももだ》る　槻《つき》が枝《え》は
上枝《ほつえ》は　天《あめ》を覆《お》へり
中つ枝は　東《あづま》を覆へり
下枝《しづえ》は　鄙《ひな》を覆へり
上枝の　枝《え》の末葉《うらば》は
中つ枝に　落ち触らばへ

この地はむかし纏向の　日代の宮のお跡とて
朝にはかがやく日照る宮
夕べはかげる宮の跡
竹の根ひろく匍《は》い固め
木の根の深く張り固め
土盛り上げて築《つ》き立てた
宮の御門は檜の御門
香《かお》り新たな新嘗の
殿に生い立つ大槻の
槻の上枝は天を覆《おお》い
中枝は東の国を覆い
下枝は西の村を覆う
この大槻を蔭にして　大饗宴《さかもり》を遊ばせば
折から風に誘われて　上枝の末葉が中枝に

中つ枝の　枝の末葉は
下《しも》つ枝に　落ち触らばへ
下枝の　枝の末葉は
あり衣《ぎぬ》の　三重の子が
捧《ささ》がせる　瑞玉盞《みづたまうき》に
浮きしあぶら　落ち浸漬《なづさ》ひ
水《みな》こをろこをろに
是《こ》しも　あやに畏《かしこ》し
高光る　日の御子
事の　語《かた》り言《ごと》も　是《こ》をば

落ちて触るれば中枝の
末葉が下枝に落ち伝い
下の末葉はわたくしの
捧げた玉の杯に
落ちて浮んでその昔
くらげがぽかぽか浮くようで　潮がころころ固まって
大八島国が出来た様に
わが大君がこの国を　治め遊ばすめでたさに
葉が浮いたのでございましょう
わたしの語るこの歌を　日の御子様に捧げます

この歌を奉ったので、その罪をお許しになった。この時、皇后もまた、お歌いになって、

倭《やまと》の　この高市《たけち》に
小高《こだか》る　市《いち》の高処《つかさ》

都に名高い槻《つき》の木の
聳《そび》えた市の高丘に

新嘗屋《にひなへや》に　生ひ立てる
葉広《はびろ》五百箇《ゆつ》真椿《まつばき》
そが葉の　広《ひろ》り坐《いま》し
その花の　照り坐す
高光る　日の御子に
豊御酒《とよみき》　奉らせ
事の　語り言も　こをば

今年の新嘗食《お》す時に
殿の間近の大椿
その葉の広くあるように
君の御心また広く
花のかがやく色に似て
君の御心麗しく
いざいざ召しませこの御酒を

天皇も、

百敷《ももしき》の　大宮人は
鶉鳥《うづらとり》　領巾《ひれ》取り掛けて
鶺鴒《まなばしら》　尾行き合へ
庭雀《にはすずめ》　うずすまり居て
今日もかも　酒《さか》みづくらし
高光る　日の宮人

大宮仕えの女たち
この新嘗《にいなえ》に奉仕して
鶉《うずら》のようにひれをかけ
鶺鴒《せきれい》のように裳《も》をたれて
雀のように群れ集《つど》い
今日こそ酒に酔うらしい

事の　語り言も　こをば　　　顔もほんのり赤らめて

この三首は「天語歌《あまごとうた》」である。こうして、この御饗宴では、三重の采女を賞し給うて、たくさんの賜わり物があった。

(1) 諸国より召されて宮中御膳部に奉仕する女。

春日之袁杼比売

この御饗宴の日に、また春日《かすが》のヲドヒメが御酒を奉る時に、天皇のお歌いになった御歌は、

水灌《みなそそ》ぐ　臣《おみ》の嬢子《をとめ》　　臣のおとめが酒をつぐ
秀罇《ほだり》取らすも　　かよわい手つきでしっかりと
秀罇取り　堅く取らせ　　重そな酒器《さけつぎ》手に持って
下堅《したがた》く　彌堅《やがた》く取らせ　　しっかりともて　しっかりと
秀罇取らす子　　酒器捧げて酒つぐ子

これは「盞歌《うきうた》」である。ヲドヒメも歌を奉って、

やすみしし　わが大君の
朝戸には　い倚《よ》り立《だ》たし
夕戸には　い倚り立たす
脇机《わきづき》が下の　板にもが
吾兄《あせ》を

大君の　朝夕常に倚りかかり
休らいいます脇机《ひじかけ》の
下板にでもわたくしが
なれたらどんなにいいでしょう
そしたらいつも大君の　おそばにお仕えできましょう

これは「静歌《しずうた》」である。

この天皇は御年百二十四歳で、己巳《つちのとみ》の年八月九日に崩御、御陵は河内の多治比《たじひ》の高《たか》鸇《わし》にある。(1)

(1)河内国南河内郡高鷲村、丹比高鷲原陵と申す。

清寧天皇

シラガノオホヤマトネコノ命は、伊波礼《いわれ》の甕栗《みかぐり》の宮(1)に坐して、天下をお治め遊ばされた。

この天皇は、皇后もまさず、御子もあらせられなかった。そこで御名代として、白髪部《しらがべ》を定め給うた。

天皇崩御の後、皇位を御継承になる御子があらせられないので、尋ねると、イチノベノオシハワケノ王の妹オシヌミノ郎女《いらつめ》、一名イヒトヨノ王が、葛城の忍海《おしぬみ》の高木の角刺《つぬさし》(2)の宮にいられた。

(1)大和国磯城郡安倍村池内。　(2)大和国南葛城郡忍海村忍海。

意富祁王と袁祁王(1)

ところが、ここに、山部連《やまべのむらじ》ヲタテが、播磨《はりま》の国の国司に任命された時、その国の人シジムという者の家に、新築祝いに行った。そこで盛んに酒宴が張られて、宴たけなわになった時、その席順にみな舞いをすることになり、竈《かまど》のかたわらに火を焚《た》く少年が二人いるのにも舞わせようとした。すると、その一人が、

「兄さん、先にお舞いなさい」

「いや、おまえが先に舞いなさい」

と相譲るさまを、人々はおかしがって笑った。結局、兄の方が先に舞い、終って次に弟の方が舞う時に、節をつけて、声を長く引き、調子をつけながら、

物部《もののべ》の、わが夫子《せこ》の、取り佩《は》ける、大刀の手上《たがみ》に、丹画《にか》きつけ、その緒《を》は、赤幡《あかはた》を裁《た》ち、赤幡立てて、見れば五十隠《いかく》る、山の三尾《みを》の、竹を本掻《か》き刈り、末押し靡《なび》かすなす、八絃《やつを》の琴を調べたるごと、天《あめ》の下《した》治め給ひし、伊邪本和気天皇《いざほわけのすめらみこと》の御子、市辺《いちのべ》の押歯王《おしはのみこ》の奴御末《やつこみすゑ》

物部の、武士《つわもの》どもが帯びている、大刀の柄《つか》には赤土を、塗って下緒《さげお》は赤布で、してまた赤い旗を立て、にわかにそれもどこへやら、隠れひそんで山裾の、竹の根を刈り枝末を、押し靡かしているように、また八絃《やついと》の琴の音《ね》を、調べ整え弾《ひ》くように、天下をお治め遊ばした、履中天皇の一の皇子《みこ》、市辺の忍歯《おしはの》王の御子、我らは王子のなれの果て

こう仰せられたので、ヲタテは聞いてびっくり、椅子《いす》からころげ落ち、その家にいる人々を追い出し、二王子を左右の膝の上に抱き上げ奉って、泣き悲しんだ。それから人を集めて仮宮を作り、その仮宮に坐《おわ》さしめて、都に急使を立てた。御姨《おば》のイヒト

ヨノ王は、これを聞いてお喜びになり、角刺《つぬさし》の宮(2)にお招き申し上げた。

かくて、この二王子が皇位におつき遊ばされようとするころのことである。平群《へぐりの》臣の祖先の志毘《しびの》臣は、歌垣《うたがき》(3)に出て、ヲケノ命のお婚《め》しになろうとする少女の手を取った。その少女は菟田首《うだのおびと》の娘で、オホヲ(4)という名であった。ヲケノ命は歌垣に出場せられてまず、(5)

潮瀬《しほせ》の　波折《なをり》を見れば
遊び来る　鮪《しび》が鰭手《はたで》に
妻立てり見ゆ

沖の波間にぽかぽかと　鮪が泳ぐをよくみれば
途方もないぞ鰭《ひれ》かげに
わたしの妻が立っている

こう歌って、その歌のあとを求められると、志毘《の》臣は、

大魚《おほを》よし　鮪《しび》突く海人《あま》よ
其《し》があれば　心恋《うらこほ》しけむ
鮪突く鮪

わたしを鮪と言わば言え　鮪突きたいと思っても
少女はわたしが取っている
さぞかし恋しいことでしょう

今度は志毘《の》臣の方から、

大宮の　彼《をと》つ端手《はたで》
隅傾《すみかたぶ》けり

あなたの宮の軒ははや　傾きかけておりますぞ
気をつけなさい御位も

命は、

大匠《おほたくみ》　拙劣《をぢな》みこそ
隅傾けれ

大工の仕事が拙《まず》いので　そんなことにもなったのだ
おまえもすこしは気のきいた　大宮仕えするがよい

そしてまた、今度はヲケノ王から、

王《おほきみ》の　心を寛《ゆら》み
臣《おみ》の子の　八重の柴垣《しばがき》
入り立たずあり

こちらの心が寛大で　許しておいてやるまでだ
少女を得ようと思ったら　いかに八重垣結い固め
防ごうとてもむだことだ

志毘臣《の》は、いよいよ怒って、

大君の　王子《みこ》の柴垣
八節結《やふじまり》　結り廻《しまもとほ》し
切れむ柴垣　焼けむ柴垣

たたき破るはこの方だ
八重の柴垣固めても　ひとたびこうと思うたら
切って火つけて焼いてやる

こう歌って、争いかわして夜を明かし、おのおの引き取られたのであった。その朝早く、ヲケノ命はオホケノ命に、

「このごろ、朝廷に仕える者どもは、朝は朝廷に参るが、昼は志毘の門に集まるというふうであります。まだ朝早い今ごろは、志毘も、いつものように寝ていて、まだだれも集まっていないでしょう。今の時機をはずすと、彼を倒し難いと思います」

とお議《はか》りになって、軍兵を集められ、志毘臣《の》の家を囲んで殺し給うた。

さて二王子は、互いに皇位をお譲り合いになったが、オホケノ命は、弟命のヲケノ命に、

「播磨のシジムの家にいた時、そなたが名を明かさなかったら、天下を治めるというような身にはならなかったろうと思う。全くこれはそなたの功績です。それで、わ

たしは兄ではあるけれど、どうしても、そなたが先に皇位につくべきだと思う」と、堅くお譲りになった。それで、いなみきれずに、ヲケノ命が御即位になることになった。

（1）「大長谷王と市辺之忍歯王」の条参照。（2）前条参照。（3）男女相集まって歌をかけ合わせる遊び。（4）大魚。（5）以下、歌意を考えて、順序と作者とを変えた。

顕宗天皇

ヲケノイハスワケノ命は、近飛鳥《ちかつあすか》の宮（1）に坐して、八年間、天下をお治め遊ばされた。この天皇は、イハキノ王の御娘のナニハノ王を娶されたが、御子はあらせられない。天皇は、父王のイチノベノ王の御骨《かばね》をさがし求め給うた。その時、近江の国のある老婆が参って、

「王の御骨の埋まっております所は、わたくしがよっく存じております。王の御骨はその御歯でわかります」

と申し上げた。その御歯というのは、三枝《さきくさ》のような、三つに分れた八重歯であった。

そこで、民を従えて行って、そこの土を掘ってごらんになると、まさしく御骨をさ

がし当て給うたので、その蚊屋野《かや》の東の山に御陵墓を作って、奉葬遊ばされ、カラブクロの子らを御陵墓守《はかもり》に命ぜられた。こうして御還幸になって、かの老婆をお呼び寄せになり、その場所を忘れずに見知っておいたことを賞して、置目老媼《おきめのおみな》という名を賜わった。そして宮中に召し入れて、いろいろ御厚遇遊ばされた。

その老婆の住む家を、皇居の近くにお作りになり、毎日必ずお召し寄せになるのであったが、それには、御殿の戸に大鈴をかけて、老婆をお召しになりたい折りは、その大鈴を引き鳴らすということにお定めになっていた。それによって御歌がある。

浅茅原《あさぢはら》　小谷《をだに》を過ぎて
百伝《ももづた》ふ　鐸《ぬて》ゆらぐも
置目来《おきめく》らしも

浅茅の原や谷過ぎて
はるばる伝うて鈴が鳴る
置目がどうやら来たようだ

そのうちに、ある日、置目老媼《の》は参上して、

「わたくしは、いたく年をとっておりますので、おいとまをいただきまして、故郷《くに》に下がろうとぞんじます」

と申し上げた。そこで、言うままにお下げになる時、天皇はお見送りになって、歌い

給うには、

置目もや　淡海《あふみ》の置目
明日《あす》よりは　み山隠《がく》りて
見えずかもあらむ

近江の置目よ　さようなら
これで別れてしまったら　明日から山に隔てられ
そなたの姿も見られぬか

初め天皇が、災厄に会うてお逃げ遊ばした際、御食物を奪い取ったところの猪飼《いがい》の老人《おきな》をおさがし出しになり、呼び寄せ給うて、それを飛鳥《あすか》の川原で切り、一族残らずその膝《ひざ》の筋をお断ちになった。だから、今に至るまで、その子孫のものが大和に上る日には、必ずおのずから跛《びっこ》を引いて歩くのである。また、その老人の在所を、かの時によく見占め(2)させておかれたので、それによってその地を志米須《しめす》というのである。

(1)大和国高市郡飛鳥村大字八釣。　(2)見定める意であろう。

御陵の土

天皇は、父王をお殺しになった雄略天皇を深くお恨みになって、その御霊《みたま》に復讐《ふくしゅう》遊ばしたいとの思召しがあった。そこで、雄略天皇の御陵を破壊しようとお思いになり、人をおつかわしになろうとされた時に、兄命のオホケノ命が、

「この御陵をこわすには、他人をおつかわしになるべきではありません。わたしがみずから行って、陛下の御心通りにしてまいりましょう」

「では、兄上がおいで下さい」

と御依頼になったので、オホケノ命おんみずから行って、御陵のかたわらを少し掘ってお帰りになり、

「十分にこわしてまいりました」

と申し上げられた。天皇は、お帰りが早すぎるのをいぶかり給うて、

「どういうふうにこわされましたか」

とお尋ねになった。

「御陵のかたわらの土を、すこし掘っておきました」

「わたしは、父上の仇《あだ》を報いたいのだから、その御陵をすっかりこわしたい。どうして、そんなに形式だけに掘って帰ったりなさったのです」

「それは、父上のお恨みを先帝の御霊にお報い遊ばそうとの御心は、まことにごもっともな事であります。しかし、オホハツセノ天皇は、父上の仇ではありますけれど、

一面から申せば、わたしどもの叔父上《おじ》であり、かつまた、天皇にもましましたのに、今いちずに、父上の仇であるという意味だけで、皇位にあらせられた天皇の御陵をことごとくおこわし申したりしましたら、後世の人々が、必ずお誹《そし》りするにちがいありません。しかし、父上の仇は報いなくてはなりませんので、その御陵のわきを少し掘ったのであります。すでにこうしてお恥をお見せ申し上げたことでありますから、後世に示すにも十分だと存じます」

こう申し上げられたので、

「それはまことにもっともなお話です。では、その程度ですますことにいたしましょう」

と、天皇も仰せられた。

天皇崩御の後、オホケノ命が御即位になった。天皇は御年三十八歳で崩御、八年間の御在位であった。御陵は片岡の石杯《いわつき》の岡の上にある。(1)

(1)大和国北葛城郡下田村大字北今市、傍丘磐杯丘南陵と申す。

仁賢天皇

オホケノ命は、石上《いそのかみ》の広高《ひろたか》の宮(1)に坐して、天下をお治め遊ばされた。

この天皇は、雄略天皇の皇女のカスガノ大郎女《おおいらつめ》を娶してお生みになった御子は、タカキノ郎女、タカラノ郎女、クスビノ郎女、タシラガノ郎女、ヲハツセノワカサザキノ命、マワカノ王で、次に、丸邇《わに》の日爪臣《ひつまの》の娘ヌカノワクゴノ郎女を娶して、春日のヲダノ郎女をお生みになった。この天皇の御子は合わせて七方で、ヲハツセノワカサザキノ命が御即位になった。

(1)大和国山辺郡山辺村。

武烈天皇

ヲハツセノワカサザキノ命は、長谷《はつせ》の列木《なみき》の宮(1)に坐して、天下を八年の間お治め遊ばされた。

この天皇は、御子がいまさず、それで、御子代として小長谷部《おはつせべ》をお定めになった。御陵は片岡の石杯《いわつき》の岡にある。(2)

天皇崩御後、皇位を御継承になる皇子があらせられぬので、応神天皇の五世の御孫ヲホドノ命を、近江の国からお迎え申して、タシラガノ命と御結婚おさせして、皇位におつけ申し上げた。

(1)大和国磯城郡朝倉村大字出雲。　(2)大和国北葛城郡志都美村大字今泉、傍丘磐杯丘北陵と申す。

継体天皇

ヲホドノ命は、伊波礼《いわれ》の玉穂の宮(1)に坐して、天下をお治め遊ばされた。

この天皇は、三尾《みおの》君らの祖先のワカヒメを娶してお生みになった御子は、大郎子《おおいらつこ》、イヅモノ郎女《いらつめ》のお二方で、また、尾張《の》連らの祖先の凡《おおしの》連の妹メコノ郎女を娶して、ヒロクニオシタケカナヒノ命、(2)タケヲヒロクニオシタテノ命(3)のお二方を、また、仁賢天皇の皇女のタシラガノ命(このお方は皇后である)を娶してアメクニオシハルキヒロニハノ命(4)お一方を、また、オキナガマテノ王の御娘ヲクミノ郎女を娶してササゲノ郎女お一方を、また、坂田のオホマタノ王の御娘クロヒメを娶して、カムサキノ郎女、マムダノ郎女、ウマクダノ郎女のお三方を、また、茨田《まむだの》連ヲモチの娘セキヒメを娶して、マムダノ大郎女、シラサカノイクヒノ郎女、ヲヌノ郎女、一名ナガメヒメのお三方を、また、三尾《の》君カタブの妹ヤマトヒメを娶して、大郎女、マロコノ王、ミミノ王、アカヒメノ郎女の四方を、また、アベノハエヒメを娶して、ワカヤノ郎女、ツブラノ郎女、アヅノ王のお三方をお生みになった。この天皇の御子は合わせて十九方で、男王七方、女王十二方である。

このなかで、アメクニオシハルキヒロニハノ命、ヒロクニオシタケカナヒノ命、タケヲヒロクニオシタテノ命が御即位になった。ササゲノ王は伊勢神宮に御奉仕になった。

この御代に、筑紫君《の》イハヰが勅命に従わず、不敬なことが多かったので、物部荒甲大連《もののべのあらかいのおおむらじ》と大伴金村連《おおとものかなむらの》の二人をつかわして、イハヰを殺さしめ給うた。

この天皇は御年四十三歳で、丁未《ひのとひつじ》の年四月九日に崩御、御陵は三島の藍《あい》にある。(5)

(1)大和国磯城郡安倍村大字池内。　(2)安閑天皇。　(3)宣化天皇。　(4)欽明天皇。

(5)摂津国三島郡大字太田、三島藍野陵と申す。

安閑天皇

ヒロクニオシタケカナヒノ命は、勾《まがり》の金箸《かなはし》の宮(1)に坐して、天下をお治め遊ばされた。

この天皇は、御子ましまさず、乙卯《きのとう》の年三月十三日に崩御、御陵は河内の古市《ふるち》の高

屋村《の》にある。(2)

(1)大和国高市郡金橋村大字曲川。(2)河内国南河内郡古市町大字古市、古市高屋丘陵と申す。

宣化天皇

タケヲヒロクニオシタテノ命は、檜坰《ひのくま》の廬入野《いおりぬ》の宮(1)に坐して、天下をお治め遊ばされた。

この天皇は、仁賢天皇の皇女タチバナノナカツヒメノ命を娶して、イシヒメノ命、ヲイシヒメノ命、クラノワカエノ王を、また、カワチノワクゴヒメを娶して、ホノホノ王、ヱハノ王をお生みになった。この天皇の御子は合わせて五方で、男王お三方、女王お二方である。

ホノホノ王は志比陀《しひだの》君の祖先、ヱハノ王は韋那《いなの》君、多治比《たじひの》君の祖先である。

(1)大和国高市郡坂合村大字檜前。

欽明天皇

アメクニオシハルキヒロニハノ天皇は、師木《しき》島の大宮(1)に坐して、天下をお治め遊ばされた。

この天皇は、宣化天皇の皇女イシヒメノ命を娶してお生みになった御子は、ヤタノ王、ヌナクラフトタマシキノ命、(2)カサヌヒノ王のお三方。また、その妹君ヲイシヒメノ命を娶してカミノ王お一方、また、春日の日爪《ひつまの》臣の娘ヌカゴノ郎女を娶して、カスガノヤマダノ郎女、マロコノ王、ソガノクラノ王のお三方、また、蘇《そ》我稲目《がのいなめの》宿禰《の》大臣の娘キタシヒメを娶して、タチバナノトヨヒノ命、(3)妹《いも》イハクマノ王、アトリノ王、トヨミケカシギヤヒメノ命、(4)マロコノ王、オホヤケノ王、イミガコノ王、ヤマシロノ王、妹オホトモノ王、サクラヰノユミハリノ王、マヌノ王、タチバナモトノワクゴノ王、ネドノ王の十三方、また、キタシヒメノ命の御姨《おば》のヲエヒメを娶して、ウマキノ王、カヅラキノ王、ハシヒトノアナホベノ王、サキクサベノアナホベノ王、一名スメイロド、ハツセベノワカサザキノ命(5)の五方をお生みになった。すべてこの天皇の御子は合わせて二十五方である。

このなかで、ヌナクラフトタマシキノ命、タチバナノトヨヒノ命、トヨミケカシギヤヒメノ命、ハツセベノワカサザキノ命が御即位になった。合わせて四方が御即位遊ばされたわけである。

(1)大和国磯城郡城島村。(2)敏達天皇。(3)用明天皇。(4)推古天皇。(5)崇峻天皇。

敏達天皇

ヌナクラフトタマシキノ命は、他田《おさだ》の宮(1)に坐して、十四年間、天下をお治め遊ばされた。

この天皇は、庶妹《まま》のトヨミケカシギヤヒメノ命を娶してお生みになった御子は、シヅカヒノ王、一名カヒタコノ王、タケダノ王、一名ヲガヒノ王、ヲハリダノ王、カヅラキノ王、ウモリノ王、ヲハリノ王、タメノ王、サクラヰノユミハリノ王の八方。また、伊勢の大鹿首《おおかのおびと》の娘ヲグマコノ郎女を娶して、フトヒメノ命、タカラノ王、一名ヌカデヒメノ王のお二方、また、オキナガマテノ王の御娘ヒロヒメノ命を娶して、オサカノヒコヒトノ太子《ひつぎのみこ》、一名マロコノ王、サカノボリノ王、ウヂノ王のお三方、また、カスガノナカツワクゴの娘オミナコノ郎女を娶して、ナニハノ王、クハダノ王、カスガノ王、オホマタノ王の四方をお生みになった。

この天皇の御子、合わせて十七方あらせられたなかで、ヒコヒトノ太子は、庶妹タムラノ王、一名ヌカデヒメノ命を娶してお生みになった御子は、舒明天皇、ナカツノ王、タラノ王のお三方。また、アヤノ王の妹のオホマタノ王を娶して、チヌノ王、妹クハタノ王のお二方、また、庶妹ユミハリノ王を娶して、ヤマシロノ王、カサヌヒノ王のお二方、合わせて七王をお生みになった。

甲辰《きのえたつ》の年四月六日に崩御、御陵は河内の科長《しなが》にある。(2)

(1)大和国磯城郡纏向村大字太田。　(2)河内国南河内郡磯長村大字太子、河内磯長中尾陵と申す。

用明天皇

タチバナノトヨヒノ命は、池辺の宮(1)に坐して、三年の間、天下をお治め遊ばされた。

この天皇は、稲目宿禰《の》大臣《の》の娘オホギタシヒメを娶してお生みになった御子は、タメノ王お一方。また、庶妹ハシヒトノアナホベノ王を娶して、ウヘツミヤノウマヤドノトヨトミミノ命、(2)クメノ王、ヱグリノ王、マムダノ王の四方、また、当麻《たぎま》の倉首《くらのおびと》ヒロの娘イヒメノコを娶して、タギマノ王、妹《いも》スガシロコノ郎女をお生みになった。

この天皇は丁未《ひのとひつじ》の年四月十五日に崩御、御陵は石寸《いわれ》の掖上《いけのうえ》(3)にあったのを、後に科長《しなが》の中の(4)陵に移し奉った。

(1)大和国磯城郡安倍村大字安倍。 (2)上宮之厩戸豊聡耳命、聖徳太子のこと。 (3)皇居と同地。 (4)河内国南河内郡磯長村大字春日、河内磯長原陵と申す。

崇峻天皇

ハツセベノワカサザキノ天皇は、倉椅《くらはし》の柴垣《しばがき》の宮(1)に坐して、四年の間、天下をお治め遊ばされた。

壬子《みずのえね》の年十一月十三日に崩御、御陵は倉椅の岡の上にある。(2)

(1)大和国磯城郡多武峰村大字倉橋。 (2)倉梯岡陵と申す。

推古天皇

トヨミケカシギヤヒメノ命は、小治田《おはりだ》の宮(1)に坐して、三十七年の間、天下をお治め遊ばされた。

戊子《つちのえね》の年三月十五日癸丑《みずのとうし》の日崩御、御陵は大野の岡の上(2)にあったのを、後に科長《しなが》の大陵(3)に移し奉った。

(1)大和国高市郡雷土村。 (2)大和国高市郡和田村。 (3)河内国南河内郡山田村大字山田、磯長山田陵と申す。

古事記を読む人々へ

『古事記』は、内容から言うと、神話・伝説・説話・歴史の書として、また形式から言うと、よく古代の言語を残している文献として、きわめて古い日本の姿をとどめている貴重な典籍の一つであります。否、そのよく纏まっているという意味からすれば、現在残っている多くのそうした書物のうち、最古のものということすらできます。

それは、ちょうど今から一千二百二十二年前の和銅五年(西暦七一二)に出来たもので、ずいぶん古い書物ではありますが、ともすれば思い誤られているような、そう夢のような神代などに作られたものではありません。すなわち、応神天皇の御代に論語・千字文等が日本に渡ってきてから四百年余り、欽明天皇の御代に仏教が伝来してからも百五十年以上を経過し、思想も文化も相当めざましく発展して、対岸の支那にあっては唐の玄宗皇帝が文化の花を極彩色に描こうとするその直前のころに出来たものであります。そして『古事記』以前にも、もちろん日本人の手に成った、種々の立派な書物も出来ており、漢字の用い方についても、とっくにこれを卒業して、日本化したものが勢いよく成長していた時代だということもできます。しかし、他面から見れば、古事記に書かれている内容なり言葉なりは、さらに古い資料によったものもあって、すべてが一概に新しいものとばかりは断じかねます。なんといっても、とにかく現代からすると遠い昔の事柄に属し、それを読んでも分りにくい点の多いのは当然のことであって、それだけまた、日本の歴史・宗教・思想・文学・風習・言語等、日本文化の淵源《えんげん》を暗示し、物語ってくれる多くのものがその中にこもっているわけです。この点、日本というものを知ろうとし、またある場合には現代を知ろうとするものの、一度はぜひ遡《さかのぼ》って尋ね行くべき世界であり、日本人の永遠の母ともいわれ得る、まことに汲《く》めども尽きぬ深く豊かな宝庫ということができます。

古事記三巻が出来た所以《ゆえん》については、太安万侶がこれを選録して元明天皇に奉る際に付した序文によってもだいたい分るように、もともと第四十代の天武天皇が最初に御関係遊ばされたもので、天皇おんみずからお纏めになったものを、稗田阿礼に勅して暗記せしめておかれたのに基づいています。それから約三十年後、第四十三代の元明天皇が、せっかく纏められたその口伝《くでん》のすたれゆくのを惜しまれて、太安万侶に筆録の御下命があり、安万侶は約四カ月の後それを書き上げました。これが、先にも述べたように、和銅五年の正月二十八日に奉進した「旧辞」、すなわちこの『古事記』

だったのです。詳しくはなお、序にも見えていますが、しかし、この序も後代のわれわれには十分満足を与えるほど精確ではないのであって、そのいきさつについては、いろいろ専門的に推定も加えられてきています。私も、最近そのことにつき新しい考説を発表したのがありますから、それを併《あわ》せて読んでいただければ幸いと存じます（『国文学試論』第二輯、春陽堂発行）。しかしここでは、これ以上、そうした細かい問題に立入る必要はないことでしょう。

それよりも、この古事記を読む上に、最も問題になることを三つ、老婆心までに申し加えておきます。それは、一、古事記は何を書いたものか、二、古事記はどういう特質をもっているものか、三、古事記はどういう態度で読めばよいものか、ということです。

だれでも、古事記のことを耳にしたり、あるいはこの本を通読された後なりに、この書はいったい歴史書なのか、文学書なのかという疑問をいだくのを常とします。むずかしく言えば、そもそも『古事記』の本質は何か、ということなのです。これも専門学者はもとより、一般にもいろいろと論ぜられておりますが、実は選録者の安万侶でさえ明確を欠いていて、むしろ混乱した説明(?)の仕方をしています。序を見るとまず、この書のことを「先聖」の「本教」というような、支那の経書めかした言い方をしているかと思えば、また、天武天皇の御発企については、序に詳しいように、「上古」「先代」の「帝紀」や「旧辞」を「正実」にしたいとの御意志であったようにも書いています。そして題号を「古事記」としているなどの点から見ると、史実の正しい選録が目的(御意志だけとしても)であったように見えます。ところがまた五度も、「本辞」「旧辞」とわざわざ「辞」という字を繰返して用い、「上古の時、言意並びに朴にして、文を敷き、句を構ふること、字に於ては即ち難し、云々」と、その表現に厳正な価値を認めて、そこに重要な焦点を置いている点から見れば、文学的なものとして見ていた事実をも考えさせられざるを得ません。

その後に至っては、本書を神典と見たり、神話、叙事詩、史書、憲法・行政法ないし国体法制の書と見たり、いろいろまちまちの説もありますが、ひっきょうは後代の頭で強《し》いて一括して古事記の本質を言ってみようと努力しているだけのことで、私は、前記の論文にそれらの諸説の根本的な過誤も指摘しておきました。それを詳細に言う余白もなく、また必要もありませんが、とにかく読者は、この書から、歴史を汲《く》もうと思えば歴史を汲み、文学を見ようと思えば文学を見るというふうに、とらわれずに自由に読まれてよいと思います。『古事記』の本質はそれに決して逆らってはいません。

次に、徳川時代いらい特に、『日本書紀』と『古事記』とが真剣に比較されてきていて、つまり、どちらが優《すぐ》れて、どちらが劣っているかという優劣論が戦わされたりしてきています。現在では、もっと冷静にこの二書を比較して、おのおのそれぞれの特質を知ろうとする互いの助けにしています。『古事記』と比較して読んでためになるのは、日本書紀ばかりでなく、ほかにもありますが、最も密接な関係がありますから、ここでもそれだけについて極く簡単に述べて、読まれる上の一助としておきたいと思います。

『日本書紀』というのは、『古事記』から八年後に完成したもので、歴史書としては『古事記』と比較にならぬほど詳しく、異伝をひろく列挙したりして、はるかに大部なものであり、文章もむずかしすぎる所さえあるくらいの純漢文で書かれています。しかし、わずか八年を隔てているだけであり、ともに天地の始まりからの日本の由来を書いたもので、記事が『古事記』と並行しているので、昔から『日本書紀』を読むのに、『古事記』が参考にされてきていました。

いったい、『古事記』の価値などということは、今から二百年ほど前まではほとんどだれにも自覚されていなかったものです。その真価を発見した記念すべき偉大な先覚者は、賀茂真淵《かものまぶち》・本居宣長《もとおりのりなが》、なかでも本居翁であって、翁は久しくその価値の埋没されていた本書に、太陽のような輝きを見いだしたのです。それから後に、『古事記』

の特質も、はじめてやかましく考えられるようになりました。

元来、『日本書紀』は、記事もいったいに詳しく、また異伝を列挙したりしているように見えながら、それは支那風の歴史という概念にとらわれていた結果からで、そのために、たとえば『古事記』の神代で生彩を放っている出雲の大国主神の数々の興味多い物語などがかえって削られたりしている始末となっています。人代になっても、いわゆる民族文学として叙事詩的性質や香気を大いに発揮している英雄の神武天皇、倭建命、あるいは雄略天皇その他の方々の古伝説、すなわち、当然はなばなしく歌謡を多く交ぜて、叙事詩風に『古事記』で描かれているところも、『日本書紀』では全く削らないまでも、急に冷たい部屋にでも入ったような書き方に変えられてしまっています。これに反して『古事記』は、現在のわれわれが考えるような歴史的記述ということには案外のんきで、そのとき手に入った資料にある限りの興味の多い古伝説を欲張って載せています。すなわち、ことさらしかつめらしく構えないでいて、かえって伝え事の中から、生き生きと心を打つものを採り上げることに熱心であった『古事記』の方に、つくろわぬ姿が見え、今のわれわれにも、興味と感動とを併《あわ》せての、包みきれぬ魅力をそなえている次第です。

最後に、『古事記』を読む態度ですが、これはそう言う私みずから顔負けのすることでありますけれど、ぜひに、これだけは述べておきたいと思います。私は、なんでもかでも古典でなければならない、古典を読めばちゃんと書いてある、やれ、これはわれわれの聖書だ、などと理屈をつけて、『古事記』を読者にすすめる、そうした態度は採りたくありません。そんな気で読む人は、たいていもう実物を読む必要のない人でしょう。それよりも、むしろ、物珍らしい気持で書をひもどき、読み行くうちにほほえましい親しみでも感じられたら、それだけで十分と思います。理屈は全くそれからのことであってよいのです。

こういうわけで、中身だけ読めばよいというような、砂をかむような口語を並べないようにと、注意だけはしてきたつもりです。ただし、私の能力の足らざる憾《うら》みは自らここに告白さしていただかざるを得ません。なお、系譜の部分の、まるで片仮名の砂ぼこりみたいなものは困ったものですが、まあ、わけは分らなくても口に発音してみて、自らの口つきがうれしくなることもあったら、取柄だとしておきましょう。注意して御覧になると、実はあの中にも、後の事件をはらむ秘密がこっそりひそまされていたりします。不遜《ふそん》ながら、ひたすら御愛読を得たいと存じます。

昭和九年十一月三日

蓮田善明

あとがき

蓮田善明の本質は詩人であった。

この『現代語訳　古事記』が恩師斎藤清衛の校閲を得て机上社から刊行されたのは、昭和九年十一月、訳者三十一歳の晩秋であった。蓮田善明が信州諏訪中学校を退職して広島文理科大学の国語国文学科に入学したのが昭和七年であるから、本書は在学三年目の述作ということになる。四十二歳でなくなった詩人の生涯からみて、これは若書きの作品ということになろう。若書きではあるが、この早熟の天才の筆には微塵のためらいもなく、自信にみちた堂々たる完成度に達している。この述作に入る前に蓮田善明にはすでに古事記に関して次のような基礎的研究があった。

一、真福寺本古事記書写の研究(昭和八年九月『国文学試論』第一輯)

二、古事記の文学史学的考察序説(昭和九年六月『国文学試論』第二輯)

三、古事記序文「詔之」の解釈(昭和九年七月『国語と国文学』)

さらにこの『現代語訳　古事記』完成ののちにも、次のような研究が発表されている。

一、古事記の立場——フルコトから日本書紀への過渡(昭和十一年二月『国語と国文学』)

二、日本神話の構想に関する二三の準備的考察(昭和十三年九月『国文学攷』)

さいごの「日本神話の構想」を発表してまもなく、その年の十一月には第一次の召集をうけて兵馬倥偬の人となったのである。これまでの数年間を故人の生涯の前期とすれば、古事記への傾倒がその中心課題であったというも過言ではあるまい。そういう中でこの述作はまとめられているのである。なお、故人が再度の召集令状を受取ったのは昭和十八年十月二十五日であったが、その年の十二月には『古事記学抄』(子文書房)なる一書が出版されているのも奇しき因縁というべきであろう。

『現代語訳　古事記』は他の述作のような学術研究ではない。学術研究の風圧の中から詩人の情熱がおのずからに流出してこの一書に結晶したという底の、これはみごとな作品である。かねて愛読しつづけてきた古典を、いま太安万侶になりかわって広く現代人に聞いてもらいたいという詩人の心の声が脈々と波うって響いてくるような作品である。

国文学者であった故人の、古典の現代語訳に対する態度と用意のほどは、「凡例」に尽されていて殆んど間然するところがない。後記の『古事記』を読む人への注意もゆきとどいているし、巻頭の安万侶の「序」を見ただけでじゅうぶん信頼に足るものを感ぜしめる正攻法の訳文である。すでに半世紀に近い年月がたっているにもかかわらず、少しも色褪せたところのない切れ味のするどい文章である。歌謡の訳にいたっては、いやみのない「サラリと手っとり早く大意がとれるよう」な律文に仕立てられているところなどにも詩人の技倆が感じられるのである。

巷間、『古事記』の現代語訳は抄訳・意訳併せて他にもその数は決して少なくないが、身を以て『古事記』の精神に殉じたような故人の情熱がこもっているこの訳文を、わたしは現代語訳中の白眉として愛するものである。故人と共通の友人大山澄太と相はかり、複刻に従った所以である。

なお、原文中の戦前の仮名遣いは現代表記に改めた。

高藤武馬

「あとがき」の収載にあたり、著作権者の御承諾をいただくため努めましたが、御連絡がとれませんでした。著作権者についてお気づきの方は、ご連絡をいただけますようお願いいたします。

〔岩波現代文庫編集部〕

解説　古事記　鳥獣虫魚の言問い

坂本　勝

都会の雑踏を離れて静かな田舎で暮らしたい、田舎には自然がある。ところが実際に海や山に行くと、たしかに人々のざわめきや車の騒音は少ないが、寄せては返す波の音、森を吹き抜ける風の響き、鳥や獣の鳴き声など、そこには意外なほどにたくさんの音が鳴り響いている。その音に耳を傾け、その音に潜む意味を聞いてみよう……、もし少しでもそう思ったら、その時わたしたちはすでに、『古事記』の物語世界の入り口に立っている。

『古事記』は、天皇とその国家の支配の正当性を神話的に語ったものだ、ということがよく言われる。長い伝承と変容の過程を経て、八世紀のはじめに完成した『古事記』には、たしかにそうした側面がある。しかしそれは、多層的な構造をもっている『古事記』という作品のいわば表層の部分で、その深奥には、人もまた自然の一部として自然の生命を分かち持ち、それゆえに自然からのメッセージに敏感に思いを寄せていた神話時代の人々の営みが、なおはっきりと息づいている。

たとえば出雲のオホナムヂ(大国主)は、ワニ鮫を騙し八十神《やそかみ》に苦しめられる因幡の素《しろ》兎に怪我の治療法を教え、その兎から「あなたはきっと素敵な姫を手に入れるでしょう」と祝福の言葉を授かった。また、八十神の迫害を逃れるべく、スサノヲのいる根の国に向かったオホナムヂが火攻めにあったとき、その危機を救ったのは、「内はほらほら、外はすぶすぶ」という鼠(根住み)の言葉だった。その地で新たな力を得て地上に帰ったオホナムヂが国作りに励んでいたとき、誰も見たことのない不思議な小さ子が海の彼方から現れた。そのとき谷蟆《たにぐく》(ヒキガエル)が現れて「その名はきっと崩《くえ》彦《びこ》(山田の案山子《かかし》)が知っている」と教えると、たしかに崩彦は、「その小さ子はカミムスヒの神の子神のスクナヒコナである」と告げ知らせた。谷蟆は遠い神話時代に、「グク、グク」と低く鳴きながら谷深く潜り(グクは潜る意)、人の通えない地の果てまで往還することができる神秘の生き物だった。「谷蟆のさ度る極み、潮沫《しほなわ》の留まる限り」(延喜式祝詞)という古い神事の詞章にも、その記憶が残る。

オホナムヂがこうした生き物たちとなんなく言葉を交わせたのは、かれらがおなじ生活世界を生きていたからだ。その場所を象徴するのが、葦茂る水辺の世界。オホナムヂの別名に「葦原ノシコ男《を》」とあるのも、そのことをよく表している。この「シコ」は強くたくましい意。だから、古事記の冒頭ではじめて出現した具体的な生命は、萌えあがる葦の芽だった。春になっていち早く水辺に芽を出すその姿に、かれらは新たな生命の誕生を感じて、驚きの声を挙げた。その驚きは人知を超えた神秘に満ちていた。驚きの声はそのまま神となった。

その葦茂る水辺の世界は「豊《とよ》葦原の水穂の国」と称えられた。その「豊」なる世界は、飢えを癒す稲への夢を追い求める人々にとって、具体的には、秋の実りの豊かさとして想像された。自然の葦原は、水につかり、泥にまみれて、大地と格闘する多くの「シコ男」たちの労苦を経て、豊かな稲田へと姿を変える。自然の葦原は文化と文明の稲田へと、その意味を少しずつ変え始めていた。

その多くの「シコ男」たちを統合強化する新たな王権の成立が、その背後で着々と進んでいた。強力な王権は、都市と国家のシステムを作り出す。都市は始原の森を切り開き、大地を作り変えながら、人工世界を拡大していく。自然の一部である人間が、その自然を抜け出し新たな文明の存在へ自己転換する過程が、神話時代においてもこうして具体化しはじめたのである。

そのことを象徴するかのように、あらたに誕生した文明の王権は、鳥獣虫魚の言問う世界を未開野蛮の悪しき世界へと組み替えていった。「シコ男」たちの群れは「荒ぶる国つ神」(『古事記』)「邪《あ》しき鬼《もの》」(『日本書紀』)として蔑まれ、支配の対象へと再編されていった。

しかしその一方で、文明の王権は、かつて「シコ男」たちが生命を共有していた始原の自然がなお大いなる力に満ちていることも忘れることができなかった。なぜなら、新たに誕生した文明の側も、自らの存在そのものが、そうした自然の中から生まれ出て、その世界との共存なくして生きていけないことにうすうす気づいていたからだ。「シコ男」たちの神(大国主)を丁重に出雲に祀ったのもその表れである。

なによりも王家の血筋そのものが、自然と分かちがたくある自らの素性を明かしている。初代天皇神武の母系は二代にわたって海神の娘で、その本体はワニ鮫だった。初代皇后のイスケヨリヒメは三輪山の神の娘で、その神の本体は蛇だ。文明の王権もまた、そうした自然の血を受けて、その継承を誇ったのである。だからその子孫が不遜にも自然の神々に挑めば、ヤマトタケルが足柄山の神の化身の白鹿を打ち殺し、また伊吹山の神の化身を殺そうとして、その結果悲劇的な最期を遂げたように、自然はなお畏怖の対象であり続けた。勇武をもって知られる大王雄略でさえ、狩りに出かけた葛城山で怒れる猪に追われ、恐れおののき樹上に逃げ登った故事を、『古事記』は包み隠さず書き記している。もっとも、『日本書紀』では、逃げ登ったのは雄略ではなくその供人で、雄略は猪を弓で突き刺し足で踏み殺したことになっている。そういえば、『日本書紀』には前記の兎や鼠、谷蟆、崩彦などの話はまったく記されていない。わずか八年の違いしかない『古事記』と『日本書紀』の間でも、鳥獣虫魚の言問う世界の意味が、微妙に変わりはじめている。

こうした『古事記』の物語世界を現代語に訳すのは、けっしてたやすいことではない。おなじ日本語とはいえ、『古事記』の言葉は千三百年以上昔に遡り、その背後には神話時代の世界観が生きている。とりわけ『古事記』に収録された百首を越える歌謡は、身体のリズムとゆるやかに共鳴する古朴な韻律と、象徴と直截とを合わせもつ古代詩歌独特の言語表現に満ちていて、その原文の感覚に忠実であろうとすればするほど、訳者には、曇りのない目で作品に向かい合うことが求められる。

訳語通事を古代語でヲサという。そのヲサは村長《むらをさ》のヲサと同根で、異質な世界の対立する利害を調整し新たな秩序を生み出すことを意味する。その訳語のヲサは、機織り機の筬《をさ》(縦糸に横糸を通してバタンバタンと打ち込み締めこむ櫛型の道具)とおなじ言葉だ、と『新釈古事記』の著者石川淳が述べている。翻訳という仕事において、古代語と現代語は、いわば縦糸横糸として織物の内部に組み込まれ、その表面にはあらたな文様が織りなされる、というのがその仕組みなのである。

もとよりそこには織り手の主観が必ず入り込む。その主観に多くを委ねて思い切った意訳をする訳書もある。しかし、蓮田訳は、意訳をなるべく避け、地の文では素朴な逐語訳に徹している。ただ、歌謡の現代語訳は、たんなる逐語訳ではなく、七五調を基本とする大胆な意訳もみられる。ただし、それは訳者の主観によるというより、古事記研究者として、古代歌謡の文学史的意味を考慮した上での戦略であったと思われる。

一例を引く。高天原を追われて出雲に降ったスサノヲがヲロチを退治してクシナダヒメと結ばれるときの歌がある。岩波文庫の訓読文では「八雲立つ　出雲八重垣　妻籠みに　八重垣作る　その八重垣を」。蓮田訳では「雲が立つ立つ　八雲立つ　出雲は雲が垣をなす　妻《つま》とこもれと垣をなす　夫《つま》とこもれと垣をなす」。ちなみに角川文庫『新訂古事記』の武田祐吉訳では「雲の叢《むらが》り起つ出雲の国の宮殿。妻と住むために宮殿をつくるのだ。その宮殿よ。」となっている。物語の歌としては、歌い手はあくまでスサノヲだから、妻との共寝に限定する武田訳は原文に忠実な逐語訳である。一方の蓮田訳は、それとは微妙に異なっている。蓮田訳では、「妻とこもれ」「夫とこもれ」の並列によって、歌い手の位置が、男から女への一方的な思いではなく、その男と女の双方を包み込む新たな位置を手に入れている。この訳により、歌は男から女への単線的な思いから、新婚の二人を周囲から祝福する多声的で合唱的な歌声へとあらたに言語化された。これは訳者の主観ではない。『古事記』の歌謡が、集団的な場に息づいていた新婚の祝い唄としての前史を経て、物語としての歌へと徐々に熟成していった経緯を踏まえての、訳者の織り技である。蓮田訳のひとつの特徴として注意したい。

なお、蓮田訳が依拠した原文と訓読文は、おもに本居宣長『古事記伝』に依っている。そのため一部、現行の活字テキストと異なる部分があるが、初版刊行の昭和九年の学問状況を考慮してそのままにした。

訳者の蓮田善明は激烈な国粋主義者として知られる。『蓮田善明全集』(島津書房)所収の年譜によると、蓮田は昭和二十年の敗戦を召集軍人としてマレー半島で迎え、敗戦の責任を天皇に帰し日本精神の壊滅を説く上官を射殺し、自らも拳銃でこめかみを撃ち自決したという。その思想と行動が三島由紀夫に強い影響を与えたこともよく知られている。ただ、本書については、宣長以来のやや過剰な敬語の補いの他には、国粋主義者としての影はほとんど見られない。『古事記』原典に忠実であろうとした結果である。

(さかもと　まさる・上代文学)

本書は一九七九年九月、古川書房より古川選書として刊行された。

現代語訳 古事記

2013年9月18日　第1刷発行
2024年5月15日　第5刷発行

訳　者　蓮田善明《はすだぜんめい》

発行者　坂本政謙

発行所　株式会社 岩波書店
〒101-8002 東京都千代田区一ツ橋 2-5-5

案内 03-5210-4000　営業部 03-5210-4111
https://www.iwanami.co.jp/

印刷・精興社　製本・中永製本

ISBN 978-4-00-602226-6　Printed in Japan

岩波現代文庫創刊二〇年に際して

二一世紀が始まってからすでに二〇年が経とうとしています。この間のグローバル化の急激な進行は世界のあり方を大きく変えました。世界規模で経済や情報の結びつきが強まるとともに、国境を越えた人の移動は日常の光景となり、今やどこに住んでいても、私たちの暮らしは世界中の様々な出来事と無関係ではいられません。しかし、グローバル化の中で否応なくもたらされる「他者」との出会いや交流は、新たな文化や価値観だけではなく、摩擦や衝突、そしてしばしば憎悪までをも生み出しています。グローバル化にともなう副作用は、その恩恵を遥かにこえていると言わざるを得ません。

今私たちに求められているのは、国内、国外にかかわらず、異なる歴史や経験、文化を持つ「他者」と向き合い、よりよい関係を結び直してゆくための想像力、構想力ではないでしょうか。

新世紀の到来を目前にした二〇〇〇年一月に創刊された岩波現代文庫は、この二〇年を通して、哲学や歴史、経済、自然科学から、小説やエッセイ、ルポルタージュにいたるまで幅広いジャンルの書目を刊行してきました。一〇〇〇点を超える書目には、人類が直面してきた様々な課題と、試行錯誤の営みが刻まれています。読書を通した過去の「他者」との出会いから得られる知識や経験は、私たちがよりよい社会を作り上げてゆくために大きな示唆を与えてくれるはずです。

一冊の本が世界を変える大きな力を持つことを信じ、岩波現代文庫はこれからもさらなるラインナップの充実をめざしてゆきます。

（二〇二〇年一月）

B296
三国志名言集
井波律子

波瀾万丈の物語を彩る名言・名句・名場面の数々。調子の高さ、響きの楽しさに、思わず声に出して読みたくなる！　情景を彷彿させる挿絵も多数。

B297
中国名詩集
井波律子

前漢の高祖劉邦から毛沢東まで、選び抜かれた珠玉の名詩百三十七首。人が生きることの哀歓を深く響かせ、胸をうつ。

B298
海うそ
梨木香歩

決定的な何かが過ぎ去ったあとの、沈黙する光景の中にいたい——。いくつもの喪失を越えて、秋野が辿り着いた真実とは。〈解説〉山内志朗

B299
無冠の父
阿久悠

舞台は戦中戦後の淡路島。「生涯巡査」の父をモデルに著者が遺した珠玉の物語が文庫に。父親とは、家族とは？〈解説〉長嶋有

B300
実践　英語のセンスを磨く
—難解な作品を読破する—
行方昭夫

難解で知られるジェイムズの短篇を丸ごと解説し、読みこなすのを助けます。最後まで読めば、今後はどんな英文でも自信を持って臨めるはず。

B301-302
またの名をグレイス（上・下）
マーガレット・アトウッド 佐藤アヤ子訳

十九世紀カナダで実際に起きた殺人事件を素材に、巧みな心理描写を織りこみながら人間存在の根源を問いかける。ノーベル文学賞候補とも言われるアトウッドの傑作。

B303
塩を食う女たち
聞書・北米の黒人女性

藤本和子

アフリカから連れてこられた黒人女性たちは、いかにして狂気に満ちたアメリカ社会を生きのびたのか。著者が美しい日本語で紡ぐ女たちの歴史的体験。〈解説〉池澤夏樹

B304
余白の春
―金子文子―

瀬戸内寂聴

無籍者、虐待、貧困――過酷な境遇にあって自らの生を全力で生きた金子文子。獄中で自殺するまでの二十三年の生涯を、実地の取材と資料を織り交ぜ描く、不朽の伝記小説。

B305
この人から受け継ぐもの
井上ひさし

著者が深く関心を寄せた吉野作造、宮沢賢治、丸山眞男、チェーホフをめぐる講演・評論を収録。真摯な胸の内が明らかに。〈解説〉柳 広司

B306
自選短編集 パリの君へ
高橋三千綱

売れない作家の子として生を受けた芥川賞作家が、デビューから最近の作品まで単行本未収録の作品も含め、自身でセレクト。岩波現代文庫オリジナル版。〈解説〉唯川 恵

岩波現代文庫[文芸]

B307-308
赤い月(上・下)
なかにし礼

終戦前後、満洲で繰り広げられた一家離散の悲劇と、国境を越えたロマンス。映画・テレビドラマ・舞台上演などがなされた著者の代表作。〈解説〉保阪正康

B309
アニメーション、折りにふれて
高畑勲

自らの仕事や、影響を受けた人々や作品、苦楽を共にした仲間について縦横に綴った生前最後のエッセイ集、待望の文庫化。〈解説〉片渕須直

B310
花の妹 岸田俊子伝
―女性民権運動の先駆者―
西川祐子

京都での娘時代、自由民権運動との出会い、政治家・中島信行との結婚など、波瀾万丈の生涯を描く評伝小説。文庫化にあたり詳細な注を付した。〈解説〉和崎光太郎・田中智子

B311
大審問官スターリン
亀山郁夫

自由な芸術を検閲によって弾圧し、政敵を粛清した大審問官スターリン。大テロルの裏面と独裁者の内面に文学的想像力でせまる。文庫版には人物紹介、人名索引を付す。

B312
声の力
―歌・語り・子ども―
河合隼雄
阪田寛夫
谷川俊太郎
池田直樹

童謡、詩や絵本の読み聞かせなど、人間の肉声の持つ力とは? 各分野の第一人者が「声」の魅力と可能性について縦横無尽に論じる。

2024.5

岩波現代文庫［文芸］

B313
惜櫟荘の四季
佐伯泰英

惜櫟荘の番人となって十余年。修復なった後も手入れに追われ、時代小説を書き続ける毎日が続く。著者の旅先の写真も多数収録。

B314
黒雲の下で卵をあたためる
小池昌代

誰もが見ていて、見えている日常から、覆いがはがされ、詩が詩人に訪れる瞬間。詩人は詩をどのように読み、文字を観て、何を感じるのか。〈解説〉片岡義男

B315
夢十夜
近藤ようこ漫画
夏目漱石原作

こんな夢を見た――。怪しく美しい漱石の夢の世界を、名手近藤ようこが漫画化。描き下ろしの「第十一夜」を新たに収録。

B316
村に火をつけ、白痴になれ
伊藤野枝伝
栗原康

結婚制度や社会道徳と対決し、貧乏に徹しわがままに生きた一〇〇年前のアナキスト、伊藤野枝。その生涯を体当たりで描き話題を呼んだ爆裂評伝。〈解説〉ブレイディみかこ

B317
僕が批評家になったわけ
加藤典洋

批評のことばはどこに生きているのか。その営みが私たちの生にもつ意味と可能性を、世界と切り結ぶ思考の原風景から明らかにする。〈解説〉高橋源一郎

2024.5

岩波現代文庫［文芸］

B318
振仮名の歴史
今野真二

「振仮名の歴史」って？　平安時代から現代まで続く「振仮名の歴史」を辿りながら、日本語表現の面白さを追体験してみましょう。

B319
上方落語ノート　第一集
桂米朝

上方落語をはじめ芸能・文化に関する論考・考証集の第一集。「花柳芳兵衛聞き書」「ネタ裏おもて」「考証断片」など。

〈解説〉山田庄一

B320
上方落語ノート　第二集
桂米朝

名著として知られる『続・上方落語ノート』を文庫化。「落語と能狂言」「芸の虚と実」「落語の面白さとは」など収録。

〈解説〉石毛直道

B321
上方落語ノート　第三集
桂米朝

名著の三集を文庫化。「先輩諸師のこと」「不易と流行」「天満・宮崎亭」「考証断片・その三」など収録。〈解説〉廓　正子

B322
上方落語ノート　第四集
桂米朝

名著の第四集。「考証断片・その四」「風流昔噺」などのほか、青蛙房版刊行後の雑誌連載分も併せて収める。全四集。

〈解説〉矢野誠一

2024. 5

岩波現代文庫［文芸］

B323
可能性としての戦後以後
加藤典洋

戦後の思想空間の歪みと分裂を批判的に解体し大反響を呼んできた著者の、戦後的思考の更新と新たな構築への意欲を刻んだ評論集。〈解説〉大澤真幸

B324
メメント・モリ
原田宗典

死の淵より舞い戻り、火宅の人たる自身の半生を小説的真実として描き切った渾身の作。懊悩の果てに光り輝く魂の遍歴。

B325
遠い声
―管野須賀子―
瀬戸内寂聴

大逆事件により死刑に処せられた管野須賀子。享年二九歳。死を目前に胸中に去来する、恋と革命に生きた波乱の生涯。渾身の長編伝記小説。〈解説〉栗原　康

B326
一〇一年目の孤独
―希望の場所を求めて―
高橋源一郎

「弱さ」から世界を見る。生きるという営みの中に何が起きているのか。著者初のルポルタージュ。文庫版のための長いあとがき付き。

B327
石の肺
―僕のアスベスト履歴書―
佐伯一麦

電気工時代の体験と職人仲間の肉声を交えアスベスト禍の実態と被害者の苦しみを記録した傑作ノンフィクション。〈解説〉武田砂鉄

2024. 5

B328
冬の蕾
―ベアテ・シロタと女性の権利―
樹村みのり

無権利状態にあった日本の女性に、男女平等条項という「蕾」をもたらしたベアテ・シロタの生涯をたどる名作漫画を文庫化。〈解説〉田嶋陽子

B329
青い花
辺見庸

男はただ鉄路を歩く。マスクをつけた人びとが彷徨う世界で「青い花」の幻影を抱え……。災厄の夜に妖しく咲くディストピアの〝愛〟と〝美〟。現代の黙示録。〈解説〉小池昌代

B330
書聖王羲之
―その謎を解く―
魚住和晃

日中の文献を読み解くと同時に、書作品をつぶさに検証。歴史と書法の両面から、知られざる王羲之の実像を解き明かす。

B331
霧の犬
―a dog in the fog―
辺見庸

恐怖党の跋扈する異様な霧の世界を描く表題作ほか、殺人や戦争、歴史と記憶をめぐる終わりの感覚に満ちた中短編四作を収める。終末の風景、滅びの日々。〈解説〉沼野充義

B332
増補 オーウェルのマザー・グース
―歌の力、語りの力―
川端康雄

政治的な含意が強調されるオーウェルの作品群に、伝承童謡や伝統文化、ユーモアの要素を読み解く著者の代表作。関連エッセイ三本を追加した決定版論集。

2024. 5

岩波現代文庫［文芸］

B333
六代目圓生コレクション
寄席育ち
三遊亭圓生

圓生みずから、生い立ち、修業時代、芸談、噺家列伝などをつぶさに語る。綿密な考証も施され、資料としても貴重。〈解説〉延広真治

B334
六代目圓生コレクション
明治の寄席芸人
三遊亭圓生

圓朝、圓遊、圓喬など名人上手から、知られざる芸人まで。一六〇余名の芸と人物像を、六代目圓生がつぶさに語る。〈解説〉田中優子

B335
六代目圓生コレクション
寄席楽屋帳
三遊亭圓生

『寄席育ち』以後、昭和の名人として活躍した日々を語る。思い出の寄席歳時記や風物詩も収録。聞き手・山本進。〈解説〉京須偕充

B336
六代目圓生コレクション
寄席切絵図
三遊亭圓生

寄席が繁盛した時代の記憶を語り下ろす。各地の寄席それぞれの特徴、雰囲気、周辺の街並み、芸談などを綴る。全四巻。〈解説〉寺脇 研

B337
コブのない駱駝
―きたやまおさむ「心」の軌跡―
きたやまおさむ

ミュージシャン、作詞家、精神科医として活躍してきた著者の自伝。波乱に満ちた人生を自ら分析し、生きるヒントを説く。鴻上尚史氏との対談を収録。

2024. 5

B338-339
ハルコロ (1)(2)
石坂　啓漫画
本多勝一原作
萱野　茂監修

一人のアイヌ女性の生涯を軸に、日々の暮らしや祭り、誕生と死にまつわる文化など、アイヌの世界を生き生きと描く物語。〈解説〉本多勝一・萱野茂・中川裕

B340
ドストエフスキーとの旅
―遍歴する魂の記録―
亀山郁夫

ドストエフスキーの「新訳」で名高い著者が、生涯にわたるドストエフスキーにまつわる体験を綴った自伝的エッセイ。〈解説〉野崎　歓

B341
彼らの犯罪
樹村みのり

凄惨な強姦殺人、カルトの洗脳、家庭内暴力と息子殺し……。事件が照射する人間と社会の深淵を描いた短編漫画集。〈解説〉鈴木朋絵

B342
私の日本語雑記
中井久夫

精神科医、エッセイスト、翻訳家でもある著者の、言葉をめぐる多彩な経験を綴ったエッセイ集。独特な知的刺激に満ちた日本語論。〈解説〉小池昌代

B343
ほんとうのリーダーのみつけかた 増補版
梨木香歩

誰かの大きな声に流されることなく、自分自身で考え抜くために。選挙不正を告発した少女をめぐるエッセイを増補。〈解説〉若松英輔

2024. 5

岩波現代文庫［文芸］

B344
狡智の文化史
―人はなぜ騙すのか―
山本幸司

嘘、偽り、詐欺、謀略……。「狡智」という厄介な知のあり方と人間の本性との関わりについて、古今東西の史書・文学・神話・民話などを素材に考える。

B345
和の思想
―日本人の創造力―
長谷川櫂

和とは、海を越えてもたらされる異なる文化を受容・選択し、この国にふさわしく作り替える創造的な力・運動体である。〈解説〉中村桂子

B346
アジアの孤児
呉濁流

植民統治下の台湾人が生きた矛盾と苦悩を克明に描き、戦後に日本語で発表された、台湾文学の古典的名作。〈解説〉山口守

B347
小説家の四季
1988―2002
佐藤正午

小説家は、日々の暮らしのなかに、なにを見つめているのだろう――。佐世保発の「ライフワーク的エッセイ」、第1期を収録！

B348
小説家の四季
2007―2015
佐藤正午

『アンダーリポート』『身の上話』『鳩の撃退法』、そして……。名作を生む日々の暮らしを軽妙洒脱に綴る「文芸的身辺雑記」、第2期を収録！

岩波現代文庫［文芸］

B349
増補 もうすぐやってくる尊皇攘夷思想のために
加藤典洋

幕末、戦前、そして現在。三度訪れるナショナリズムの起源としての尊皇攘夷思想に向き合うために。晩年の思索の増補決定版。〈解説〉野口良平

B350
大きな字で書くこと／僕の一〇〇〇と一つの夜
加藤典洋

批評家・加藤典洋が自らを回顧する連載を中心に、発病後も書き続けられた最後のことばたち。没後刊行された私家版の詩集と併録。〈解説〉荒川洋治

B351
母の発達・アケボノノ帯
笙野頼子

縮んで殺された母は五十音に分裂して再生した。母性神話の着ぐるみを脱いで喰らってウンコにした、一読必笑、最強のおかあさん小説が再来。幻の怪作「アケボノノ帯」併収。

B352
日没
桐野夏生

海崖に聳える〈作家収容所〉を舞台に極限の恐怖を描き、日本を震撼させた衝撃作。「その恐ろしさに、読むことを中断するのは絶対に不可能だ」（筒井康隆）。〈解説〉沼野充義

B353
新版 一陽来復 ―中国古典に四季を味わう―
井波律子

巡りゆく季節を彩る花木や風物に、中国古典詩文の鮮やかな情景を重ねて、心伸びやかに生きようとする日常を綴った珠玉の随筆集。〈解説〉井波陵一

2024. 5

B354

未闘病記

—膠原病、「混合性結合組織病」の—

笙野頼子

芥川賞作家が十代から苦しんだ痛みと消耗は十万人に数人の難病だった。病と「同行二人」の半生を描く野間文芸賞受賞作の文庫化。講演録「膠原病を生き抜こう」を併せ収録。

B355

定本 批評メディア論

—戦前期日本の論壇と文壇—

大澤聡

論壇／文壇とは何か。批評はいかにして可能か。日本の言論インフラの基本構造を膨大な資料から解析した注目の書が、大幅な改稿により「定本」として再生する。

B356

さだの辞書

さだまさし

「目が点になる」の『広辞苑 第五版』収録をご縁に27の三題噺で語る。温かな人柄、ユーモアにセンスが溢れ、多芸多才の秘密も見える。〈解説〉春風亭一之輔

B357-358

名誉と恍惚(上・下)

松浦寿輝

戦時下の上海で陰謀に巻き込まれ、すべてを失った日本人警官の数奇な人生。その悲哀を描く著者渾身の一三〇〇枚。谷崎潤一郎賞、ドゥマゴ文学賞受賞作。〈解説〉沢木耕太郎

B359

岸惠子自伝

—卵を割らなければ、オムレツは食べられない—

岸惠子

女優として、作家・ジャーナリストとして、国や文化の軛〈くびき〉を越えて切り拓いていった、万華鏡のように煌〈きら〉めく稀有な人生の軌跡。